大一统的史诗

三国新解

木晏 著

河南文艺出版社
·郑州·

序

陈离

日光昭朗，无甚新事；长烛夜下，尽皆老谈。

木旻先生执教庠序，钟好雅文，矢志于艺。先生常感时文单调，气象微眇，遂奋而著作，涤驱尘藻，以慰其心也。

从文以来，先生独居陋室，掌高阳明月，昼夜不息，终成新作。其文也，以汉末乱史为题，擒演义旧事作络，诠中西佳著，变古今疏义，溯英雄文史，识见高阔，痴心醇良，实不负清风明月也。

陈寿之三国，乱世纷争前朝旧史，述已往之迹；贯中之三国，豪侠肝胆金戈故事，总分合无常；先生之三国，非为古人作史，不述忠义教化，凭他千秋往复，唯颂文章盛事也！

丁酉年初冬

二〇一七年十二月

目录

第一辑

第二辑

第三辑

第一辑

史诗

1

四大古典名著，皆我所爱，但最爱《三国演义》(以下简称《三国》)。它最接近史诗，宏阔、壮丽。

《水浒传》，侠士传。《西游记》，魔幻经典。《红楼梦》，家族爱情小说。

木心将《水浒传》、《西游记》、《金瓶梅》和《红楼梦》并称为四大小说，何以把《三国》撇在一边？

我分析，《三国》的艺术性最差。《三国》当然具有艺术性，但更像“历史故事”，类似传统的“演义”。我从小就看《隋唐演义》，隋唐十八条好汉的排名，至今记忆犹新。

就叙事的结构技巧、文字的活泼和生动性来说，不如《水浒传》(前七十回)。

就想象力而言，不如《西游记》。《西游记》是中国文学的异类，无可替代。

就文字、思想的细腻，写法的“现代性”来说，不如《金瓶梅》和《红楼梦》。后者描画芸芸众生，最高明。

《三国》，不写家庭生活。连个景色描写都没有，的确不够诗意。帕斯捷尔纳克《日瓦戈医生》，是真正的诗人写小说。引两句：

> “冬至过后，它的窗户充满宽阔的蓝色天空，浩瀚如同涨溢的河水。”
>
> “碎了的云彩就挂在树梢，群树全都偏向同一方向，看起来如同正在打扫天空的扫把。”

这种句子，罗贯中写得出吗？

由此可见，《三国》的改编空间很大——可改编为诗体史诗，也可“故事新编”。既然罗贯中没有严格遵从史实，我们也大可不必。

所谓“改编”，是指改编为更伟大的文学。《水浒传》《红楼梦》太完美，无法改编。

金庸承续的是《水浒传》的传统，太通俗。张爱玲受《红楼梦》和《金瓶梅》的影响，太琐碎。

2

史诗，往往与神话纠缠在一起。史诗中的战争，分三类。

诸神之战。如冰岛史诗《埃达》、德国史诗《尼龙伯人之歌》。《尼》脱胎自《埃达》。瓦格纳又将《尼》改编为波澜壮阔的乐剧《尼龙伯根的指环》。经典电影《指环王》（共三部，前传《霍比特人》也是三部）中的侏儒、精灵、戒指等，皆源自北欧神话。卡莱尔将北欧神话的主神奥丁尊奉为“神明英雄”，与“诗人英雄”但丁、莎士比亚，“帝王英雄”克伦威尔、拿破仑并列。

神、人共与的战争。如荷马史诗，战争本因天神而起。三女神——赫拉、雅典娜、阿佛洛狄忒（维纳斯），争“金苹果”（上刻“献给最美女神”），宙斯将裁断权给人间最美男子——特洛伊王子帕里斯。赫拉许诺，给权势；雅典娜许诺，给智慧和勇毅；阿佛洛狄忒许诺，给最美女人——海伦，即斯巴达王墨涅拉俄斯之妻。帕里斯爱美女，遂将金苹果指给阿佛洛狄忒。赫拉、雅典娜大怒，决定报复。后来，帕里斯诱拐海伦，挑起希腊诸邦和特洛伊之间的战争。战争漫长，十年。赫拉、雅典娜帮希腊；阿瑞斯、阿佛洛狄忒帮特洛伊；宙斯、阿波罗中立。

纯粹人间的战争。如塔索《被解放的耶路撒冷》，以11世纪第一次十字军东征为题材。掺杂有神明、巫师的因子，但基本上还是人间的战争。塔索超越宗教偏见，塑造的英雄，交战双方皆有。十字军骑士，坦克雷德、里纳尔多等，骁勇善战，并最终占领耶路撒冷。但阿拉丁、阿尔冈特、克洛琳达等伊斯兰教战士亦视死如归，顽强抗敌。哀愁，忧郁，死亡，胜利，是塔索史诗的基调。

歌德剧本《塔索》，拜伦长诗《塔索的悲叹》，李斯特交响诗《塔索》，皆献给这位不朽诗人。

荷马，国人读过的不多，但应该晓得；塔索，只怕闻所未闻，李斯特尊他为“烈士和诗人”。

战士和诗人，是对男人的最高赞誉。三国中，唯曹操配享之。

两宋之际的辛弃疾也算一个。曹、辛，英雄中的诗人。

以上，皆史诗。叙事诗，长诗。《三国》，写的是人间的战争，小说体。

3

中国是诗国，却不产史诗。《诗经》中最长的诗（《七月》），屈子的《离骚》，在《埃达》面前都是短诗。冰岛人口，三十多万，不及中国一个县。

印度两大史诗，《魔诃婆罗多》和《罗摩衍那》，前者二十万行，后者十万八千行，皆有中译本。

最长的史诗是《格萨尔》，藏人集体创作。被称为“东方的荷马史诗”。一百多万行，比荷马史诗（两万多行）长得太多。

若只是篇幅长，有什么出息。

《埃达》和荷马史诗，西方文学艺术的源头，后人取之不竭，代代开花结果。

《摩诃婆罗多》和《罗摩衍那》，印度人懂，外人不感兴趣。《格萨尔》，很多中国人只怕从未听说过。

史诗，篇幅足够长，才显得厚重、壮阔。可是，太冗长，难以保持均衡的艺术性。是个困境。

中国不出史诗，但有独特的文学成就。

木心说，假如只能取其一，我宁要《诗经》三百篇，不要荷马史诗。“各国古典抒情诗都不及《诗经》，可惜外文无法翻译。”

4

史诗，离不开英雄的爱情。情节的设定，最好是冲冠一怒为红颜。荷马史诗《伊利亚特》：特洛伊战争因争夺美女海伦开战。

当长裙曳地、风情万种的海伦登上城头观战，特洛伊长老们一见，惊为天人。这仗值得一打。

> 好一位标致的美人！难怪，为了她，特洛伊人和
> 胫甲坚固的阿开亚人经年奋战，含辛茹苦——谁能责备他们呢？
> 她的长相太像不死的女神，简直像极了！
>
> ——《伊利亚特》第3卷

帕里斯，俊美小帅哥，并非大英雄。大英雄，特洛伊一方是赫克托尔，希腊一方是阿喀琉斯。不同于女人，男人只是长得帅，没用。我不喜帕里斯。

我来要重新设计故事。海伦的初恋是阿喀琉斯，有情人未成眷属。海伦被迫下嫁斯巴达王，郁郁寡欢，爱上访问斯巴达的赫克托尔。赫克托尔有胆有识，还具备政治理性。海伦毅然献身，随之私奔。

5

《被解放的耶路撒冷》。十字军骑士坦克雷德，与伊斯兰

教女战士克洛琳达一见钟情。一次夜战，误伤克洛琳达。死前，向骑士倾诉爱情。

她的最后表白是心灵的新生
信仰、怜悯和希望的回归
这是上帝给她的启示
生前无法回应，死后将永远忠贞

而另一伊斯兰教女战士，埃尔米尼亚，也爱坦克雷德，明知得不到回报，仍冒险潜入敌营，探望负伤的心上人。

6

《红楼梦》，描写爱情，不描写战争。《三国》，描写战争，不描写爱情。

托尔斯泰《战争与和平》：战争，爱情，社会，家庭，风景，大段史论，细微心理……真是一个都不能少，完美的史诗式小说。

《红楼梦》，贾宝玉，多情的公子，谈不上英雄。《三国》，曹操，被刻画成奸雄。关羽、张飞，只是猛将，杀杀杀，直至死。

而《战争与和平》中的安德烈公爵，冷峻面容下是一颗火热的心。真正的贵族，沉静深思，勇敢坚毅。

相比于林黛玉，娜塔莎热情、丰富、饱满，也更符合人性。托尔斯泰是以画拿破仑的笔法画娜塔莎。

相比于貂蝉，娜塔莎任性、自我、自主。对她犯的错，恨不起来。貂蝉只是男人世界的从属物、牺牲品，简直一个仁义的女夫子。

（让我写貂蝉——年方二八，蕙心兰质。名为王允之歌妓，实供其泄欲。作王允的政治工具，实属被逼无奈。王允欲施连环计，恰为她提供挣脱机会。她暗暗发誓报仇。董卓死，跟吕布。心里看不起王、董、吕诸人。吕死后，跟曹操，觅得真爱。后生一女，有蔡琰之才，嫁与竹林七贤之一的阮籍。）

黛玉的尖酸刻薄，让人受不了。貂蝉的自我牺牲，让人感觉太虚伪。

黛玉、貂蝉，属于中国。娜塔莎，属于世界。

这样说，并非崇洋贬中，而是通过比较，发现自身的短处。

《战争与和平》就没有缺点吗？有！史论太笨重，对拿破仑也成见太深。托尔斯泰谈理论，一团糟。写小说，有如神助。

其实，我们眼里，应该只有艺术，不分国别。

7

莫言小说，有史诗气魄。他最好的小说是《红高粱》《檀香刑》《丰乳肥臀》，《蛙》只能算二流。

诺贝尔文学奖颁给他，对得起诺奖。诺奖已至少错过两位中国作家：鲁迅、木心。不是鲁迅、木心的遗憾，是诺奖的遗憾。

莫言，是小说家写小说，长篇居多。

鲁迅、木心，是诗人写小说，浓浓的诗意。木心小说《五更转曲》，题材是战争。文字简到不能再简，只有木心写得出。用诗的笔法写小说，很难写成长篇。

木心写战争的诗，倒有不少，《战争第一夜》《黑海》《1914》等。当然，距离史诗尚远。

我敬重莫言，正因他写战争与爱情。魔幻现实主义之类，只是技法，只是表面。《红高粱》，写民国抗日；《檀香刑》，写晚清反帝；《丰乳肥臀》，写整个20世纪。

他笔下的战争，基本上是侧面的，不是战场长镜头。《檀香刑》第十三章“破城”，还算细腻，但分量还是轻。

《三国》写战争、战场，笔法显得粗疏。只见统帅、将军以及权谋的运用，不见普通士兵的身影。将士们的军营生活、人际关系、心理活动，完全缺失。当然，更不可能有爱情发生。

战争，还是应正面写。大规模会战，如临其境。或畅快淋漓，或焦躁忧惧。像《战争与和平》《西线无战事》那样，才叫好。莫言当过兵，但没上过战场，这是他的局限。托尔斯泰，曾服兵役五年，亲历克里木战争。雷马克，参加过一战，多次负伤。

阅历不足，只能靠想象力弥补。但战场经历，很难凭空想象。据说，战场回来的人，不愿谈战争，太残酷。若能写下来，真艺术，猛士也！

鲁迅：真的猛士，敢于直面惨淡的人生，敢于正视淋漓的鲜血。

生活与艺术经常存在悖论。照我看，诗人、艺术家，一旦意识到自己的天才，就要珍惜生命，不上战场，不做无谓的牺牲。1870年，普法战争爆发。莫奈、毕沙罗，逃兵役，去伦敦。他们的朋友，年轻画家巴齐依上战场，阵亡。莫泊桑亦入伍，幸未战死。

哈耶克（又译海耶克，1899年生于奥地利，1992年去世）晚年慨叹，自己能在学术上出头，不过因为同时代的维也纳英杰皆死于战场。

苟活，好活，都只为艺术殉道。活着不易，事艺更难。

8

史诗，是历史和诗艺的媾和，最亲昵、最亲密的抚慰。没有创造，谈不上是“爱”。

柏拉图《会饮篇》中说，“爱”促进了肉体和心灵的“生殖力”。一切诗艺和创造皆属于伟大的“生殖者”。爱神是人类最好的朋友。阿佛洛狄忒引发特洛伊战争，是为荷马提供艺术灵感。

生存意志——爱的意志——权力意志（诗歌和艺术的意欲）。

弗洛伊德——叔本华——尼采。一个比一个深入艺术的灵魂。

权力意志既是对生存欲的克服，又是升华。媒介：爱。对世界、生活、艺术的爱。

将“权力意志”诠释为“政治统治欲”，视尼采思想通向希特勒，太狭隘。

拿破仑的“权力意志”，行动的史诗。艾利·福尔（1873—1937）直接说，“拿破仑是历史上最伟大并且无疑是最有权势的一个艺术家”。

能把战争变成诗的，唯有极少数政治天才。

大卫（Jacques Louis David，1748—1825）的名画，《拿破仑跨越阿尔卑斯山》，近乎曹操的《苦寒行》。大卫的画，豪迈；曹操的诗，悲戚。曹操北征高干、乌丸，是绝好的史诗素材。惜哉，千百年来，无人画，无人写。

拿破仑，两百年来，骂其独裁者有之，著文为其辩护者有之，写诗纪念者有之。可史诗，没人写。

曹操、拿破仑，生前孤独，死后孤独。

1821年，拿破仑病逝于圣赫勒拿岛。当时，拜伦（1788—1824）还活着，他最有资格为拿破仑写史诗。拜伦笔下的海盗、该隐、唐璜、普罗米修斯、哈洛尔德……组合在一起，就是拿破仑。拜伦长诗《海盗》，有一名句——

> These are our realms, no limits to their sway
> Our flag the sceptre all who meet obey
> （这全是我们的帝国，它的权力横扫一切 / 我们的旗帜就是权杖，所遇没有不从）

可当时，拜伦的心思，不在诗艺，而是参加希腊的民族解放运动。我钦佩拜伦，可换作是我，不会这么做。并非必须上战场，才是战士。鲁迅就不上战场，诗人、艺术家的战场，在书房。

做好自己擅长的事，其他，忽略之。诗人、艺术家，最纯真的人。

（莎士比亚若在，会感叹：上不上战场，存在还是毁灭，这是个问题。）

拜伦，诗人中的英雄。

拜伦有严重的“希腊情结”。邓肯（Isadora Duncan，1877—1927）和木心的“希腊情结”也很重。真正的诗人、艺术家，哪个没有“希腊情结”呢？

当然，这里特指“古希腊”。古希腊的荣光，早已一去不返。后来的希腊，只剩下残迹，供人吊祭。拜伦、邓肯的“幼稚”——说好听点，是浪漫主义——是没分清两个希腊。木心就从不去希腊，他自称是“住在绍兴的希腊人”。

古希腊的精神子嗣，零零星星，在世界各地流浪。

9

理性知识（认识）→科学；直觉知识（认识）→艺术。

历史，是第三种认识形式吗？克罗齐的答案是否定的。他说，历史属于艺术的概念范畴，不属于科学的概念范畴。

历史与艺术一样，关注的是具体的事实。所以，要认真对待事实，叙述事实，找出事实之间的关系。

历史，是对事实予以再现、凝想、观照。这些具体的事实，是一个又一个记忆。

《三国志·诸葛亮传》：“先主遂诣亮，凡三往，乃见。”就十个字。《三国》写“三顾茅庐”，大书特书。

既有历史的真实，又有艺术的真实。木心说：“艺术家，是假口袋里装真东西。”人们对“艺术的真实”，印象更深刻。现代影视媒介，强化了这一点。

早晨，莫奈（法国画家，1840—1926）静立海边，面对冉冉上升的红日凝想，代表作《印象·日出》由此诞生。

黄昏，透纳（英国画家，1775—1851）静立海边，面对汹涌澎湃的海浪凝想。他刚刚读完一本讲贩卖奴隶的书，代表作《奴隶船》由此诞生。

画家→空间中的具体事实（印象）；史家→时间中的具体事实（记忆）。

画家，色彩线条的“艺术家”。史家，语言文字的“艺术家”。史诗，是历史的最高艺术表现形式。《史记》，鲁迅誉为“史家之绝唱，无韵之离骚”。

《史记》，毕竟是散文体（纪传体），不是诗体。《史记》中，最具史诗意味的是《项羽本纪》。

巨鹿之战，尽显项王英雄气概。终败于刘邦，然不失高贵。李清照诗曰：“生当作人杰，死亦为鬼雄。至今思项羽，不肯过江东。”

霸王别姬，英雄的爱情传奇。《史记·项羽本纪》：“歌数阕，美人和之。项王泣数行下，左右皆泣，莫能仰视。”有一句流行歌词：人世间有百媚千红，我独爱你那一种。张国荣最经典的电影，是《霸王别姬》。

项王自刎，死。被刘邦部下五将抢尸、分尸。皆封侯。

项王之死、之爱，极具美学意义。

刘邦也是英雄，痞子英雄，或曰“枭雄”。他和吕后是政治伙伴，不是爱情。

司马迁，艺术上还是不够自觉。他的自我定位是“史家”，不是艺术家。儒家经世意识太浓。二、三流人物的传记，表、书等，本可以不写，浪费才华。

司马迁之后，史书的艺术性越来越差。近代，“科学主义”兴起，学院派作俑，历史逐渐变成一门实证科学。以考古为形式上的方法，以理解为内容上的方法，以寻求“普遍历史”“普遍规律”为目的。科学主义、普遍主义成为支配性的意识形态，具有强烈的改造、征服的政治指向，完全忽视“个体性”“艺术性”。

由此，历史沦为政治、科学的“奴隶”。套用克罗齐的说法，降低了历史的价值和尊严，而且误解了艺术。“以为它不是一种重要的认识作用，而只是一种娱乐，一种多余的而且轻薄的东西。”

然而，忽略“美”（审美性、艺术性）的追求，唯“真”唯“实”至上，恰是人类文明退化的表征。

一战前，罗丹悲叹：我们的时代，是工程师、实业家的时代，绝非艺术家的了。

历史进入20世纪，科技通信日益发达，战争规模越来越大，艺术上，什么是我们的贡献？人类还会回到莫扎特、莎士比亚、达·芬奇、但丁和荷马的时代吗？我持悲观态度。下一次的文艺复兴，或许在一千年以后吧。

科学理性主义泛滥，为祸太深。“理性”的反义词，不是“非理性”，而是“超越理性”。“超越理性”的人，是直觉的天才，是“超人”。

“超人”不诞生，文艺难复兴。

当下，急需激发人的艺术直觉，重归历史的艺术性。救赎，从自我做起。

10

史诗的语言风格：壮丽、质朴、简洁、明朗。如：

> 父亲宙斯，把阿开亚人的儿子们拉出迷雾吧！
> 让阳光照射，使我们重见天日！把我们杀死吧，
> 杀死在灿烂的阳光里，如果此时此刻，毁灭我们能使你欢悦！
>
> ——《伊利亚特》第17卷

荷马擅用隐喻，但更喜用明喻。有人统计，明喻的出现频率，《伊利亚特》达二百次左右，《奥德赛》也不下四十次。

如阿喀琉斯“像一头雄狮猛冲向前”；如赫克托尔率军攻击，“犹如一位猎人”“像杀人的战神”“宛如一场突起的暴风雨”；如赫尔墨斯执行宙斯的命令，急速飞向凡间，“贴着浪尖疾行，像燕鸥搏击惊涛”；如士兵横冲直撞，“像一群生吞活剥的饿狼”。这些明喻，都增加了史诗的气势。

荷马还喜用程式化的语言，简洁交代人物的个性、性格，

异常鲜明。如“卓越和捷足的阿喀琉斯”（第一猛将，跑得快）、“足智多谋的奥德修斯”（智慧的象征，出现八十多次）、“汇集云层的宙斯”（天神之父，出现三十次）等。

另一部史诗，人类最早的史诗——《吉尔伽美什》，也有类似特点（残存两千多行，有中译本）。如：

我的朋友啊，谁曾超然入世升了天？
在太阳之下永生者只有天神，
人的寿数毕竟有限，
人们的所作所为，都不过是过眼云烟！
…………
诸神嗅到他们所喜爱的香味，
便像苍蝇一般，聚集在敬献牺牲的施主身边。

在早期史诗的质朴、简洁、明朗面前，后世文学的种种技巧，反而显得笨重。古典技法就是没有技法。大象无形，大有似无。

《诗经》《古诗十九首》，用的是这个方法。曹操的《短歌行》《观沧海》，诸葛亮的《出师表》《诫子书》，犹存余韵。

普希金，用的也是这个方法。作为俄罗斯诗歌的“太阳”，他从西伯利亚上空升起，降落、隐没在高加索山的密林里。当他吟诗，阿波罗放下七弦琴，九位缪斯悄然停止喧哗，坐下，侧耳静听。普希金《饮酒歌》——

你，燃烧吧，神圣的太阳！

在理智的永恒的阳光下
骗人的聪明明灭无常，
如同在灿烂的朝霞中
这盏油灯暗淡无光，
祝福太阳永在，但愿黑暗消亡！

对于普希金和荷马而言，世界犹如刚刚出自造物主之手。

艺术家，都是用孩童的眼光看世界。一切皆新鲜，皆美丽，平凡而神奇。

希腊人是正常的儿童，希腊艺术是高不可及的范本。马克思如是说。

11

附小诗一首：

曹孟德跨上Bucephalus[①]，驰骋中亚细亚草原，天涯何处是尽头

夤夜，貂蝉被抬进阿喀琉斯的牙帐，阿伽门农暗自嫉恨

奥丁误闯诸葛夫子八卦阵，少陵野老施法解救

海伦虔诚祭拜女娲娘娘，祈祷生子当如孙仲谋

青龙偃月刀砍砍砍，砍向萨拉丁的骑兵，关公也厌战

爱奥尼亚海畔，萨福虞姬齐吟声声慢

刘玄德诚邀普希金煮酒论英雄，不是伏特加
瓦格纳陪女武神高坐铜雀台，观项王与我比剑
冰岛荒原上，孙大圣彳亍挪步
张翼德一曲流觞，荷马慢慢睁开紧闭的盲眼

注：①Bucephalus：比塞弗勒斯。古代马其顿国王亚历山大的战马的名字。

临江仙

1

杨慎《临江仙》：

滚滚长江东逝水，浪花淘尽英雄。是非成败转头空。青山依旧在，几度夕阳红。

白发渔樵江渚上，惯看秋月春风。一壶浊酒喜相逢。古今多少事，都付笑谈中。

临江仙，唐教坊曲，后用作词牌，为双调小令。李煜、李清照、晏几道和纳兰性德都曾填《临江仙》，但影响最大的还是上面的这一篇。

杨慎（1488—1559），明代大学士杨廷和之子。嘉靖三年（1524年），因“大礼议”受廷杖，谪戍云南永昌。路经湖北江陵，见一渔夫、一樵夫江畔煮鱼喝酒，谈笑风生。杨慎感慨万千，写下这首《临江仙》。毛宗岗父子，将之放在《三国演义》刻本卷首。它长期被误认为是罗贯中所作。

政治失败，不算什么，反促使艺术成功。后人记住杨慎，即因此篇《临江仙》。

屈原失意，赋《离骚》。“路曼曼其修远兮，吾将上下而求索。”这句真有力，十足阳刚。

李煜亡国，吟《虞美人》。“春花秋月何时了，往事知多少？”每读此句，犹如亲聆后主叹息。

杜甫遭逢战乱，作《春望》《北征》、三吏三别。一代诗史。

苏轼被贬，成《水调歌头》。“我欲乘风归去，又恐琼楼玉宇，高处不胜寒。”诗人的高贵和孤独，一语道尽。

曹雪芹，家道中落，写《红楼梦》。

中国人，政治情结太重。屈原、杜甫、苏轼，都曾冀盼在政治上有所作为。徐铉奉宋太宗之命探视李煜，李煜对徐铉叹曰：“当初我错杀潘佑、李平，悔之不已！”

何必言悔。为一首《虞美人》，我说，这国亡得值。遍观历史，有不亡的王朝吗？

贝多芬：“当歌德和我相遇之时，那些所谓的达官贵人就不得不见识一下什么叫真正的伟大了。”

说伟大，艺术比政治伟大。歌德偶尔还向王侯低头，贝多芬高尚其事，不拜王侯。

有艺术自觉的君王，值得称颂。曹丕算一个，还有巴伐利亚国王路德维希二世（1845—1886）。

曹丕《典论·论文》：“盖文章，经国之大业，不朽之盛事。”第一个大声喊出“艺术不朽”的君王。

路德维希二世的文化符号：修建天鹅堡，尊崇瓦格纳。

路德维希二世帮瓦格纳还债，修建拜罗伊特歌剧院，专门用来排演瓦格纳的歌剧。百多年长盛不衰，需提前数年预订门票。饥饿销售法，早已有之。

你未必观赏过歌剧《尼龙伯根的指环》《帕西法尔》，但肯定听过《婚礼进行曲》。人们熟知的《婚礼进行曲》有两首，其中一首是瓦格纳作品，另一首，来自门德尔松。

张爱玲的处女作《天才梦》：我是一个古怪的女孩，从小被目为天才，除了发展我的天才外别无生存的目标。然而，当童年的狂想逐渐褪色的时候，我发现我除了天才的梦之外一无所有——所有的只是天才的乖僻缺点。世人原谅瓦格涅（瓦格纳）的疏狂，可是他们不会原谅我。

看来，少女时的张爱玲熟知瓦格纳。小天才敬拜大天才。

拜罗伊特，音乐之城。另有边疆伯爵歌剧院，世界现存最大的木质剧院，巴洛克风格。

2

《临江仙》源起，众说纷纭。

南宋词人黄昇《花庵词选》云：“唐词多缘题，所赋《临江仙》则言仙事。”

曹植《洛神赋》：“凌波微步，罗袜生尘。”黄庭坚《王充道送水仙花五十枝，欣然会心，为之作咏》：“凌波仙子生尘袜，水上轻盈步微月。”

凌波仙子，指的是水仙花。想象一下：紫罗兰色的月光下，水波上行走的洛神，缥缈至极。

洛神，即“宓妃”，中国古神话传说中的女神，因迷恋洛河两岸美景，降临洛阳。南朝宋谢灵运《江妃赋》：“招魂定情，洛神清思。”

曹植有《洛神赋》，想象极丰富（顾恺之名画《洛神赋图》，据其而绘）：

> 其形也，翩若惊鸿，婉若游龙。荣曜秋菊，华茂春松。仿佛兮若轻云之蔽月，飘飖兮若流风之回雪。远而望之，皎若太阳升朝霞。迫而察之，灼若芙蕖出渌波。

或曰曹植为思念甄氏女而作。《昭明文选》李善注：

> 魏东阿王（植），汉末求甄逸女，既不遂，太祖（操）回与五官中郎将（丕），植殊不平，昼思夜想，废寝与食。黄初中入朝，帝示植甄后玉镂金带枕，植见之，不觉泣。时已为郭后谗死。帝亦寻悟，因令太子留宴饮，仍以枕赍植。植还，度轘辕，少许时，将息洛水上，思甄后，忽见女来，自云：“我本托心君王，其心不遂。此枕是我在家时从嫁前与五官中郎将，今与君王。”遂用荐枕席，欢情交集，岂常辞能具。

未必合乎史实，却极具象征性。

《红楼梦》第5回，警幻仙姑对贾宝玉说，汝乃天下古今第一淫人。但，是意淫而非“皮肤滥淫”。与肉淫之真切可感不同，意淫，可心会而不可口传，可神通而不可语达。

碌碌世人，不明艺术为何物。滥淫之人，不晓爱情为何物。

古今中国第一淫人，不是曹子建，而是非曹雪芹莫属。他描绘的一个个奇女子，代表迥然不同的性格类型。

“这个女孩子简直林妹妹”——意指忧郁的才女。

“你的性格很像史湘云”，讲的是女中豪杰。

《红楼梦》，名为小说，却大张旗鼓地把中国文学的体裁一网打尽。诗、词、曲、谚、偈、辞赋、歌谣、赞文、诔文、联额、书启、灯谜、酒令、骈文、拟古文等，形形色色。

《红楼梦》，艺术的百科全书。分开看，里边的诗、词、曲，谈不上多么高妙，但组合在一起，伟大。

鲁迅，木心——皆是短篇，几乎每一篇都精彩，组合在一起，伟大。

百米短跑，比的是爆发力。万米长跑，比的是技术、毅力、耐力。

有人蓄积力量，一次跑一万米。这是冠军。

有人时歇时跑，跑一百个极速百米。这也是冠军。

3

意淫的对象，是女神。

男人心中都隐藏着一个女神，神圣高洁，不容亵渎。英雄因她成就伟业，诗人为她永远歌唱。伟大的爱人必定是伟大的诗人。否则，就什么都不是。

但丁（1265—1321），第一次邂逅贝雅特丽齐时，年仅九岁，从此惦念在心。他写道："这个时候，藏在生命中最深处的生命之精灵，开始激烈地颤动起来，就连很微弱的脉搏里也感觉了震动。"

八年后，但丁又一次在佛罗伦萨街头（阿尔诺河的一座桥边）见到贝雅特丽齐。他写道："爱情便来做了我灵魂的主人，我的灵魂，也便很快地和她缔结了姻缘。"

不久，贝雅特丽齐嫁与他人。再不久，贝雅特丽齐病逝，年仅二十四岁。

但丁为她写了一辈子的诗。《新生》《神曲》等。尤其《神曲》，已成为文学史上永恒的经典。

彼得拉克（1304—1374）也为劳拉写了一辈子的十四行诗。

《神曲》中，贝雅特丽齐对但丁说："对神的认识越深，得到的爱和快乐也就越多。"

依我说，对艺术认识越深，得到的爱和快乐就越多。

永恒之女神，引领但丁、彼得拉克，也引领歌德飞升。

1823年，74岁的歌德恋上19岁少女乌尔丽克，无果而终。疾驰的马车中，歌德写下长诗《玛丽恩巴德悲歌》——

如今，花儿依然无意绽开
再相逢，又有什么可以期待
在你面前是天堂，也是地狱
我的心呵，竟是如此辗转往复

而女神之为女神，往往因其溘然长逝，或百求不得。真的拢到身边，日日零距离亲密接触，柴米油盐，贪嗔痴妄，诗人怕再也写不出诗。

真爱，绝不等于时刻陪伴。我能想到最浪漫的事，是和你一起慢慢变老……不错，在梦里，在诗里，在灵魂里。

最高等的爱是灵魂之爱，其次是头脑之爱，最后是肉体之爱。有了灵魂爱、头脑爱，肉体爱才能升华。

否则，就灵魂的归灵魂，肉体的归肉体。

布罗茨基说，情人与缪斯之间的最终区别在于，后者是不死的。

诗人多情。有不多情的诗人吗？有的终生恋慕一个女子。如但丁、彼得拉克。

有的不停地追逐各色女子。如拜伦、雨果。一个女子离去，就再换一个。

缪斯女神何尝不是如此。多情至极，一个诗人逝去，就再找一个代言人。由是，夜空才有了一颗又一颗明亮的星，竞相闪耀。济慈有诗《灿烂的星》：

> 我只愿坚定不移地
> 以头枕在爱人酥软的胸脯上，
> 永远感到它舒缓地降落、升起；
> 而醒来，心里充满甜蜜的激荡，
> 不断，不断听着她细腻的呼吸，

就这样活着，或昏迷地死去。

“坚定不移地以头枕在爱人酥软的胸脯上”——瞧！诗人对缪斯女神多么专一、坚定，绝不像后者那么花心。

伟大的诗人，以超人的灵感、禀赋，给缪斯以爱的致命一击。缪斯固然不会死，却会长久留恋、垂青于他。西方四大诗人，荷马、但丁、莎士比亚和歌德，个个深沉、嘹亮、有力。

纵使千般挽留，现实中的情人或许终将离去，而缪斯不会。前提是，别背叛她。三心二意、半途而废的艺术家，只是小艺术家，女神必然唾弃之。

木心说：“我爱兵法，完全没有用武之地。人生，我家破人亡，断子绝孙。爱情上，柳暗花明，却无一村。说来说去，全靠艺术活下来。”

艺术从不抛弃终生献身于她的人。

耶稣、托尔斯泰、陀思妥耶夫斯基，都是死过一次、多次，又复活的人。

此之谓活着。

一位真正的诗人、哲人或艺术家的最高要求和最低要求，都是活着，活着，活着。

4

临江仙，临江的水仙花。关于水仙，有古希腊神话、故事，寓意、象征都极好。

那喀索斯，河神刻菲索斯和水泽仙女利里俄珀之子。出世后，父母求神示。神曰："不可使他认识自己。"

及长，年十六，成美少年，喜欢打猎。林泽仙女，皆欢喜他的风姿、容貌。仙女厄科狂恋之，常悄悄跟随，却羞于表达爱意。厄科有一毛病，话多。一日，宙斯与某仙女调情，神后赫拉嫉妒，来寻，被厄科缠住，唠叨个没完，宙斯得以逃脱。赫拉惩罚厄科：不得言，仅重复他人尾音。

一次，那喀索斯林中迷路，高喊："有谁在这里？"

厄科应声道："在这里？"

那喀索斯四下望，不见人影，便又喊："你过来！"

厄科又应声道："过来！"

那喀索斯回头望，仍不见人影，便大声道："你为什么躲避我？"

厄科又应道："躲避我？"

那喀索斯道："让我们在这里相会吧！"厄科乐不可支，一面应"相会吧"，一面骤然现身，紧拥那喀索斯。那喀索斯被吓坏了，以为是女妖，连连后退，高呼："放手！我若接受你的爱，不如早死的好！"

厄科轻轻道："不如早死的好！"说完，羞赧，飞奔林中。

那喀索斯对厄科冷淡，并拒绝其他仙女的求爱。众仙女向神祈祷："愿他有朝一日爱上一个人，却永远得不到她的爱！"命运女神涅墨西斯应之。

一日，那喀索斯打猎后，口渴，捧泉水喝。突见水中影子望他，卷发，亮眼，红脸颊，极俊美。深爱之，用手抚其脸，脸消失。抱之，影不见。吻之，水面化为涟漪。由是，不再触水面，频频痴望水中影。久之，病倒，憔悴而死。

仙女们闻讯悼之，悲痛。宙斯感其情，变那喀索斯为水仙花。株株娇黄，斜生岸旁。

厄科，本多话，却羞于表达爱意。真爱，向来如此。处女之爱，尤其羞涩。被拒后，彻底心碎。

神示："不可使他认识自己。"

苏格拉底说："认识你自己！""浑浑噩噩的生活不值得过。"

庸人，无法认识自己。诗人、艺术家，能认识自己。然而，却有可能致自己于死地。何以这么说？

观察太透彻，活得太明白。

诗人、艺术家的性格敏感焦虑，灵魂狂躁不安，与周遭庸俗之境格格不入。一旦精神、灵魂、情欲找不到合理的宣泄口，便易致疯狂。

荷尔德林、尼采，疯掉。凡·高，先疯掉，再自杀。

托尔斯泰一度徘徊在自杀的小径上（参见其《忏悔录》）。小说《安娜·卡列尼娜》中，安娜自杀，列文差一点自杀，身上都有托翁的影子。

自杀的文人：马雅可夫斯基、叶赛宁、茨维塔耶娃、法捷耶夫、芥川龙之介、川端康成、三岛由纪夫、茨威格、海明威、伍尔夫、西尔维娅·普拉斯、王国维、老舍、海子、顾城……一串长长的名单。

这条路极幸福，又极痛苦，集大幸与大不幸于一身。总之，与常人不同。福楼拜说："如果你以艺术决定一生，你就不能像普通人那样生活了。”

文学家的爱情、艺术，不一定能得到掌声、回应。

高超的艺术家，渴慕知音。退而求其次，渴盼读者。

实在找不到，认命。不自杀，善待自己。维特自杀，歌德活过来。罗密欧朱丽叶自杀，莎翁活过来。

水仙花的寓意：自恋。哪个艺术家不自恋？

有的人，艺术完成了，生无所爱、无所恋，又不愿在尘世苟且，宁愿死。

瓦莱里（1871—1945）有诗《水仙的断片》：

> 你终于闪耀着了吗？我旅途的终点
> …………
> 昏黄中有一线腼腆的银辉闪耀
> 那里呵，当中这寒流淡淡，密叶萧萧
> 浮着一个冷冰冰的精灵，绰约，缥缈
> 一个赤裸的情郎在那里依稀轻描

尼采的《查拉图斯特拉如是说》《权力意志》，凡·高的《向日葵》《自画像》《星夜》，可谓之完成，谓之“闪耀的旅途终点”。

王尔德说，自恋是一生浪漫的开端。依我说，艺术家的自恋，本质是自爱。庸人误解艺术家的自爱为自恋。

依纪德（1869—1951）的解释，那喀索斯在时间之泉中发现的是艺术，是超自我的自我。艺术与人生、社会，必须保持距离。现实主义取消距离，水即乱。

纪德："诗人就是观看的人。他看见了什么呢？——乐园。"

曹雪芹的乐园——"大观园"，大观也。《红楼梦》有自传性，但曹雪芹天才，知道怎么把握"距离"。《红楼梦》，现实主义和浪漫主义完美统一。

《金瓶梅》，"距离"太近。

《西游记》，"距离"太远。

《三国演义》，有时"距离"太近，有时又"距离"太远。例如，关羽、诸葛亮被神化。关公显灵，过于荒诞。诸葛亮呼风唤雨，神机妙算，近似妖道。

《三国志·诸葛亮传》："然亮才，于治戎为长，奇谋为短，理民之干，优于将略。"

在《晋书·帝纪一》中，司马懿评价诸葛亮："亮虑多决少""亮志大而不见机，多谋而少决，好兵而无权，虽提卒十万，已堕吾画中，破之必矣"。

诸葛亮，长于政治、外交，军事是他的短处。运筹帷幄，可；决断，不行。诸葛亮以攻为守，知其不可为而为之，实属无奈之举。每出兵，谨慎为上。司马懿知之。他对付诸葛亮的策略：敌进我退，敌驻我扰，敌退我追。

人老成精，事缓则圆。司马懿，老狐狸一个，"中国的库图佐夫"（库图佐夫，拿破仑入侵俄国时的俄军总司令）。

托尔斯泰小说《战争与和平》中，库图佐夫总是一副睡眼惺忪之态。他知道，与拿破仑战，欲速则不达。不急，一退再退，火烧莫斯科。耗死拿破仑。

诸葛亮也拿司马懿没办法。一次，为诱使司马懿出战，拿

“巾帼妇人之饰”辱之，司马懿差点上当。

《三国演义》第104回“见木像魏都督丧胆”是假，“陨大星汉丞相归天”是真。

孙悟空，“火眼金睛”，大观也。妖魔鬼怪无所遁形。

耶稣，大观也。知自己被出卖，知自己死后必复活。

里尔克的诗：“挖去我的眼睛，我仍能看见你……”说的其实是先知。

最伟大的诗人（荷马）是瞎子。而常人，即使双眼健全，“看是要看见，却不晓得”(《圣经·马太福音》)。

上上品，还是《红楼梦》《水浒传》。

王国维《人间词话》云：“诗人对宇宙人生，须入乎其内，又须出乎其外。入乎其内，故能写之。出乎其外，故能观之。入乎其内，故有生气。出乎其外，故有高致。”

《水浒传》偏于“生气”，花和尚倒拔垂杨柳；《红楼梦》偏于“高致”，白茫茫大地真干净。

达·芬奇，偏于“生气”，蒙娜丽莎，微笑迷人；米开朗琪罗，偏于“高致”，大卫面孔，沉静有力。

徐渭，偏于“生气”，四时花木，纵横疏放；黄公望，偏于“高致”，山水林峦，清润潇洒。

齐白石，偏于“生气”，鸡虾蟹蛙，妙趣横生；林风眠、木心，偏于“高致”，中西融合，意境幽远。

莫扎特、贝多芬，“生气”与“高致”的完美结合。在完美面前，一切话语都是多余的，唯有爱，永恒的爱。

与现实保持距离是困难的，尤其乱世。

现实灰暗、逼仄、压迫人，尤其才高品洁的人。李密（224—287），蜀人。蜀亡，司马炎欲其做官。他上《陈情表》，言“茕茕孑立，形影相吊”。其实是不想做官，以孝养祖母为由婉辞。祖母死，不得已，还得出仕。

嵇康（223-262，或224-263），因得罪钟会，被司马昭处死，从此《广陵散》绝。嵇康著《养生论》，却不得善终，仅活了39岁。

阮籍（210—263），佯狂，得保全，写下八十二首《咏怀诗》。其一：“夜中不能寐，起坐弹鸣琴。”真孤独！其三：“一身不自保，何况恋妻子。”真悲凉！

大智是陶渊明。他的哲理诗《形影神》，自赠，自答，自释，构思妙极。相当于一人完成《约伯记》中多人的角色。他以超然姿态谈论宇宙观、世界观，又把得住艺术和人生的界限。那喀索斯，把不住，所以死。

陶渊明，“诗人中的哲人”。老庄，“哲人中的诗人”。嵇康，承续了老庄的风采、节操和思想。

蒙田说，哲人在心里可以摆脱一切羁绊，自由自在地判断事物，但表面上应该完全遵循被认可的习俗。

向来是“说易做难”。嵇康，自己狂荡不羁，死前，教导儿子遵守礼法。嵇康是曹魏宗室的女婿，无路可退。才华又太大，遭妒。

陶渊明比他运气好，悠悠南山下，默默耕田、喝酒、写诗。一不小心，跨入中国最伟大诗人行列。

陶诗：“纵浪大化中，不喜亦不惧。”诗人、艺术家，不以物喜，而以世悲。能穿越一道道时空。时间的瀑布，从奥林匹斯山倾泻而下，直落银河九天。

四方上下谓之宇，往古来今谓之宙。

5

回到杨慎《临江仙》。

“白发渔樵江渚上，惯看秋月春风。”讲的是隐士。

诸葛亮、陶渊明，生逢乱世，只求苟全性命。不过，诸葛亮的处境要好得多。

诸葛亮，人长得高大帅气，身长八尺。娶妻黄月英，岳母是当时荆州豪族蔡讽的女儿。诸葛亮岳父黄承彦和刘表都是蔡讽的女婿。也就是说，刘表是诸葛亮妻的亲姨夫。

《三国志·诸葛亮传》载：

> 亮早孤，从父玄为袁术所署豫章太守，玄将亮及亮弟均之官。会汉朝更选朱皓代玄。玄素与荆州牧刘表有旧，往依之。玄卒，亮躬耕陇亩，好为《梁父吟》。身长八尺，每自比于管仲、乐毅，时人莫之许也。惟博陵崔州平、颍川徐庶元直与亮友善，谓为信然。

诸葛亮曾随从父（堂叔）依附刘表，又娶妻刘表的外甥女。可以推断，婚事应出自长辈的安排。加之黄月英貌丑，应该是政治婚姻。但黄月英贤淑大方，且才华非凡。诸葛亮不以貌取人，值得称赞。

《梁父吟》，葬歌的一种，哀时也。郭茂倩《乐府诗集》解题云："按梁甫（父），山名，在泰山下。《梁甫吟》盖言人死葬此山，亦葬歌也。"诸葛亮"好为《梁父吟》"，可见，他有生命易逝的焦灼感。

"自比于管仲、乐毅"，表明诸葛亮有经纶天下之志，并非诚心诚意"躬耕陇亩"，就此终老一生。在乱世，君择臣，臣亦择君。刘表不知诸葛之大志，诸葛亦不为刘表所用。

公元201年，刘备归附刘表。207年，三顾茅庐，请诸葛亮出山（诸葛亮当时二十七岁，刘备四十七岁）。以诸葛亮与刘表的近亲关系（定然有往来），六年之间，刘备不可能没听说过诸葛亮。但或许像时人一样，"莫之许也"。《三国演义》第38回，关公"想诸葛亮有虚名而无实学"，也许正是刘备最初的看法。而诸葛亮，并非两耳不闻窗外事，不可能不知刘备的存在。否则，何以有《隆中对》。

相互了解，需要漫长的过程。苏轼《与米元章书》言"恨二十年相从，知元章不尽"，"岭海八年……独念吾元章迈往凌云之气，清雄绝俗之文，超妙入神之字"。

愈是沉到尘世间，愈知益友难寻。知心的朋友和绝世的情人是挖不完的宝藏。

《论语·学而》："无友不如己者，过则勿惮改。"

无友不如己，有点难。但益友，一个足矣，让人省思己过、己不足。魏征，李世民的铜镜。太宗勿惮改，成一代明君。

更多的是不愿改，改不了。

大艺术家，在找到风格之前，都有一个不满足、求多变的阶段。即使找到风格，还要时时反省、调整。

孙大圣“七十二变”，真正艺术家的范儿。

写作、绘画，先解决质的问题，然后求量。若质量兼备，则宏大完美。米开朗琪罗，作西斯廷教堂穹顶画《创世纪》，耗时四年半。整幅作品五百多平方米，九个场面，三百四十多个人物。

“三顾茅庐”，《三国演义》精彩演绎，刘、关、张三人的性格，展现得淋漓尽致。

见到诸葛亮之前，刘备先与司马徽、崔州平、石广元对谈。司、崔、石，隐士也。

隐士分两种。其一，达则兼济天下，穷则独善其身；其二，息影山林，不再与闻世事。

“穷则独善其身”，不得已罢了，伪隐士。后一种隐士，也大可质疑。

真隐士，一般不为世人所知。小声叫、大声喊“我要隐了”的，只怕不是真隐。鲁迅的杂文《隐士》讽刺过此类人。即便是真隐，不（愿）为人知，但这与活死人有何区别，更没出息。

《三国演义》第37回——

> 徽（司马徽）曰：“可比兴周八百年之姜子牙，旺汉四百年之张子房也。”众皆愕然。徽下阶相辞欲行，玄德留之不住。徽出门仰天大笑曰：“卧龙虽得其主，不得其时，惜哉！”言罢，飘然而去。玄德叹曰：“真隐居贤士也！”

司马徽识人、评人极准。

三国时，最擅长识人用人的是曹操。当时，曹操手下文臣武将云集，郭嘉、荀彧、贾诩、夏侯惇、张郃、张辽……文学上，有其二子（曹丕、曹植）和“建安七子”。

因他本人的政治、文学才能都极高，评鉴力自然非常人可比。再加上他用人不拘一格（见《求贤令》），笼络了一大批人才。

当时，政治、文化中心在北方，人才济济。不像南方，除了在开创基业时，勉强可与北方相敌，后继则乏人。

蜀汉，三国中实力最弱。《三国演义》第81回“雪弟恨先主兴兵”。刘备统精兵七十万征讨孙吴（史称夷陵之战、猇亭之战）。

但这怎么可能呢？当时蜀国人口约百万，养兵最多十余万，刘备当时出动的兵力应在八万左右。蜀汉后期更弱，“蜀中无大将，廖化作先锋”。

孙权晚年昏庸、暴虐，滥杀功臣，连自己的儿子都杀，比虎还毒，吴国被糟蹋得越来越不像样子。

曹操说“生子当如孙仲谋”，但那是赤壁之战时的孙仲谋。晚年孙权，我送七个字：君父莫若孙仲谋。

曹操选曹丕而非曹植做接班人，是基于深思熟虑的政治理性。弟弟的政治才能，确实赶不上哥哥。这一点，父亲心里明白。

天才的父亲了解儿子，庸碌的父亲不理解天才的儿子。

同为音乐家的莫扎特之父，当有一天突然发现自己只是儿子的陪衬时，内心是凄凉的，甚或嫉妒的。父亲的控制欲，一度导致父子关系紧张。幸好，做父亲的及时调整心态，没有成为儿子的阻碍。

曹操知道刘备是英雄。

《三国演义》第21回，曹、刘煮酒论英雄，曹曰英雄者“有包藏宇宙之机，吞吐天地之志者也”，“今天下英雄，惟使君与操耳”。

刘备初投曹操时，荀彧、程昱皆劝曹杀刘，曹答：“方今正用英雄之时，不可杀一人而失天下之心。”

依我看，曹不杀刘，是留一个对手。不然，这世界岂不太冷清、寂寞了。吕布，徒具匹夫之勇，杀了也就杀了。

若曹操和诸葛亮搭班如何？历史不容假设。其实，郭嘉的才能，不比诸葛亮差，可惜死得太早。

《三国志·郭嘉传》：

> 彧荐嘉。召见，论天下事。太祖曰：“使孤成大业者，必此人也。”嘉出，亦喜曰：“真吾主也。”

公元207年，郭嘉病逝，年仅38岁。同一年，27岁的诸葛亮出山。

或曰：郭嘉不死，卧龙不出。

毋庸附会，纯属巧合罢了。但机缘巧合，有时会扭转历史的方向。后曹操赤壁大败，叹：“郭奉孝在，不使孤至此。”

老子曰：知人者智，自知者明。胜人者有力，自胜者强。

永葆睿智、澄明，难，太难。官渡之战时的曹操，谦虚、谨慎。赤壁之战时的曹操，有点虚骄了，心眼不明，故败。

司马徽、曹操是品人评人的高手。刘劭、司空图、杨慎、金圣叹，则是评鉴艺术的高手。

对于刘勰《文心雕龙》、司空图《二十四诗品》，木心的评价是：“本来是菜单，结果比菜还好吃。”本身就是艺术。

杨慎《词品》，艺术性就差多了。

金圣叹评六才子书，有见识，但几乎没什么艺术性。

现在的文学教授，只会写八股论文。动辄海德格尔、巴赫金，概念、理论、体系满天飞，就是不知艺术为何物。

三国时，曹丕不失为一大艺术评论家。他评“建安七子”曰：

> 王粲长于辞赋，徐幹时有齐气，然粲之匹也。如粲之《初征》《登楼》《槐赋》《征思》，幹之《玄猿》《漏卮》《圆扇》《橘赋》，虽张、蔡不过也，然于他文，未能称是。琳、瑀之章表书记，今之隽也。应玚和而不壮；刘桢壮而不密。孔融体气高妙，有过人者，然不能持论，理不胜词，至于杂以嘲戏。及其所善，扬、班俦也。

6

司马徽冀望诸葛亮入世。何以自己偏偏做隐士？崔州平也是隐士。

《三国演义》第37回，刘备与崔州平的对话：

> 州平曰：“将军何故欲见孔明？”玄德曰：“方今天下大乱，四方云扰，欲见孔明，求安邦定国之策耳。”州平笑

曰："公以定乱为主，虽是仁心，但自古以来，治乱无常。自高祖斩蛇起义，诛无道秦，是由乱而入治也；至哀、平之世二百年，太平日久，王莽篡逆，又由治而入乱；光武中兴，重整基业，复由乱而入治；至今二百年，民安已久，故干戈又复四起：此正由治入乱之时，未可猝定也。将军欲使孔明斡旋天地，补缀乾坤，恐不易为，徒费心力耳。岂不闻'顺天者逸，逆天者劳'、'数之所在，理不得而夺之；命之所在，人不得而强之'乎？"玄德曰："先生所言，诚为高见。但备身为汉胄，合当匡扶汉室，何敢委之数与命？"州平曰："山野之夫，不足与论天下事，适承明问，故妄言之。"玄德曰："蒙先生见教。但不知孔明往何处去了？"州平曰："吾亦欲访之，正不知其何往。"玄德曰："请先生同至敝县，若何？"州平曰："愚性颇乐闲散，无意功名久矣；容他日再见。"言讫，长揖而去。玄德与关、张上马而行。张飞曰："孔明又访不着，却遇此腐儒，闲谈许久！"玄德曰："此亦隐者之言也。"

崔州平谈治乱循环，颇有见识、有超越性，像一个隐居的先知。可谓尼采的知音——尼采说，历史不过是永恒的轮回。

"顺天者逸，逆天者劳。"这话也说得好。曹操、诸葛亮，鞠躬尽瘁，操劳半生，仍改变不了历史的大势。晋朝的统一，只是短暂的插曲。这一乱，乱了近四百年（195—589年）。晚清民国，乱的时间才一百年，不算长。

仔细一想，不是崔州平，而是罗贯中的见识高。罗，真正的艺术家。崔州平在历史上什么都没留下，这样的隐士，不做也罢。刘备曰："此亦隐者之言也。"我看，这是揶揄、讽刺。刘备不好意思直接说，我替他说出。

古语：小隐隐于野，中隐隐于市，大隐隐于朝。

依我说，隐在哪里无所谓，做什么（晒太阳或写作），才是关键。

崔州平、司马徽，隐于山林，小隐也。

诸葛亮，先隐于野，后隐于朝，大隐也。

陶渊明，大诗人，大隐也。

伯夷、叔齐，认为武王伐纣是"以臣弑君"，不义。遂隐于首阳山，不食周粟，采薇而食。鲁迅小说《采薇》，借婢女阿金之口质问道："'普天之下，莫非王土'，你们在吃的薇，难道不是我们圣上的吗？"

这下好了，薇也没得吃，伯夷、叔齐只好饿死。鲁迅笔下的阿金就是安徒生笔下说"皇帝什么都没穿"的小孩。一语戳破伪隐士的真面目。

在家亦可出家，大隐从来入世。或曰，以出世的状态、精神，做入世的事业。

入世，未必指具体做事。《左传》谈"三不朽"：太上有立德，其次有立功，其次有立言。

那是士大夫的排序。我的排序：立言，立功，立德。

一切伟大的政治家、艺术家，都是反道德的——准确点说，是超越道德。伪君子、真小人其实不信"立德"（或装作信），他们眼里只有"立功"。

我欣赏诸葛亮、曾国藩，不仅因为他们所立之功、之德，还因他们留下了文字，尤其是家书、诫子书。

最佩服的还是陶渊明，他是全方位的大诗人。《饮酒》讲酒神精神；《归园田居》是田园诗；《读〈山海经〉》呈现历史、神话题材；《桃花源记》具有浪漫主义色彩；《闲情赋》写爱情，罗曼蒂克。

“刑天舞干戚，猛志固常在。”此之谓生命意志。陶渊明、曹雪芹、鲁迅（《补天》）的艺术创作，都直通《山海经》——中国神话、艺术的源头。

艺术家，回归人类原初和童年。

鲁迅《阿长与〈山海经〉》《从百草园到三味书屋》，莫言《透明的红萝卜》，写的都是童年，精灵般的诗意。

桃花源，当然是虚拟的，但又最最真实。在何处？东篱下。微雨从东来，好风与之俱。

只有愚夫，才会去寻找子虚乌有的“桃花源”。

看新闻，某某大公司CEO（首席执行官）辞职，上终南山修行。终南山真的是“当代桃花源”吗？

真的想隐居，不必上终南山。蒙田藏小楼，写随笔。闹中取静，最好。21世纪，大隐隐于大学。大学终身教职，可保衣食无虞，正好从事艺术。

学术与艺术不同。现代学术遵循工业、商业逻辑，无数聪明的大脑，献身于数量化的考核机制（学术GDP）。文学艺术，靠的是艺术家自为。

《闲情赋》，写爱情。色浓，味醇，像绍兴女儿红。

山野农舍，只怕陶公找不到美貌多才的女子恋爱吧。何况还有老妻、大儿小儿日夜相伴。满腔爱意，只好借诗抒情。

杜甫，不写爱情，只写老妻。

沈复《浮生六记》，写的是夫妻。恩爱，相濡以沫。好在雅致，有情趣。

杜牧："十年一觉扬州梦，赢得青楼薄幸名。"柳永："执手相看泪眼，竟无语凝噎。"在传统中国，文人骚客，似乎只能和妓女发生爱情。

穷书生与大家小姐及鬼狐的爱情传奇，多是落魄文人的意淫。《西厢记》，文笔精妙。《聊斋志异》，好在有人情味。

古代中国的爱情文学，很少是双向的。当然，也有例外。

司马相如有《凤求凰》，卓文君回赠以《白头吟》。始乱终弃。男子薄情，女子怨怼，是古诗常见的主题。

赵明诚与李清照。可惜赵明诚才华太小，配不上李清照。赵明诚死后，李清照改嫁。毕竟是女人，耐不住蜜语甜言和空房的寂寞。后，李清照幡然醒悟，离婚。凄凄惨惨戚戚，了此一生。

陆游与唐琬，各有一曲《钗头凤》广为流传。被逼离婚。唐琬改嫁，不久，死。陆游倒是活了八十多岁。

中国隐士，与爱情无关。

隐，是以退为进，并非不作为。无为而有为。这一点，老子和尼采相通。尼采避居意大利小旅馆，是为了创作更伟大的作品。

茨威格描写尼采在意大利的窘迫、孤独，极感人。

尼采，有史以来最伟大的隐士。隐士—哲人—超人，是他的一体三面。

顾城隐居新西兰激流岛。杀妻，心理承载不了，自杀。

艺术家，可以杀人。不过，只能在欲念里。岂能真的举起屠刀？

美国导演伍迪·艾伦，深受陀思妥耶夫斯基影响。电影《赛末点》（2005年），讲的是一个杀人故事。其心理学手法，借鉴《卡拉马佐夫兄弟》。

《卡拉马佐夫兄弟》，被弗洛伊德称为"精神分析"的典范。背后是"超人"思想。

托尔斯泰不喜尼采的超人思想（见小说《复活》），他的上帝是俄罗斯大地上的农民。

可是，农民怎有资格成为上帝呢？托尔斯泰解决不了这个难题，晚年的他，只好出走。

尼采讲人生三变：骆驼，狮子，婴孩。

尼采是狮子，怒吼的病狮。陀思妥耶夫斯基是骆驼，暗夜，沙漠，踽踽独行。托尔斯泰是婴孩、老顽童，最率真，也最可爱。《射雕英雄传》中，金庸也塑造了一个经典的老顽童形象，即周伯通。

人是一棵会思想的芦苇。这棵芦苇，有时脆弱，有时很顽强。

7

黄州，赤鼻矶。一个初秋的午后，周瑜和苏轼临江而立。

脚下滚滚长江，向东流去。

“东坡兄，你做的红烧肉味道好极了。谢谢你的热情款待。”周瑜面带诚恳。

“是吗？贯中好像就不太感冒。他说，他还是更喜欢老家山西的黄芪煨羊肉。”

“贯中这个人，唉……性格是有点固执。”周瑜轻叹一口气。

“岂止固执，”苏轼微微一笑，“我昨天告诉他，你今天要来，让他晚走一天。他执意要走，还说你小气得很，不想见你，明明是他自己小气。”

“世人对我的误解也不是一天两天，我也懒得辩解了。兄台一个人的认可，胜过千万人。”

“程普起初对你也有偏见，后来了解到你的为人，曾私下对我说，公瑾性情宏廓，与之交，若饮醇醪，不觉自醉。”

“他倒没有当面对我说过。”

“大概是男人的自尊心在作怪。刘玄德、诸葛亮都曾对你赞不绝口，说你有君王之资。”

“孔明之言，我相信发自肺腑。至于刘玄德，就难说了。据闻，他曾与孙权讲过类似的话，有离间的嫌疑。”周瑜的语气仍是淡淡的。

“公瑾，咱是老朋友了，实话说，你自以为比孙仲谋如何？”

“受人之托，忠人之事。”

苏轼知道，周瑜又想起孙策的临终托付了，暗暗敬佩他是条忠义汉子，反而是自己有点强人所难了。周瑜的才干绝不在孙权之下。突然想起周瑜精于音律，遂道：“公瑾，你我共奏一曲如何？”

“好！”周瑜紧皱的眉头骤然舒展开来。

苏轼命仆人取来古琴和洞箫，并把朝云小姐请来伴舞。半个时辰后，一切准备就绪。

此时已近黄昏，周、苏合奏了一曲《笑傲江湖》。曲子慷慨、激昂。夕阳下，朝云身着黄衣长裙，手执彩带，在一块巨石上翩翩起舞……

曲罢，两人意犹未尽。苏轼又令仆人取来一壶酒，两袋花生米。朝云说她去炖一条武昌鱼，过会让仆人送来。

待鱼送至，夜幕已临。一轮皓月，悬于高空。

两人碰杯，一饮而尽。周瑜叹道：“月白风清，酒肴具备，如斯良夜，真乃千载难逢。”

苏轼道：“嫦娥应悔偷灵药。月宫多冷清，怎比得上人间。幸好，我未乘风归去。”

“阁中帝子今何在？槛外长江空自流。”周瑜站起身，轻轻吟道。

“遥想公瑾当年，何等英雄气概，如今怎么惆怅起来了？”

“飘飘何所似，天地一沙鸥。我在想，我们的一生只是短暂的片刻，不由羡慕长江的无穷无尽。”

“公瑾此言差矣。我读玄奘法师禅解，幡悟众生万物各个一如的道理。瞬间即是永恒，永恒浓缩于一瞬。时间流逝就像这水，其实并没有真正逝去。时圆时缺，就像这月，终究没有增减。”

“东坡兄所言极是。道理我都明白，只是难免还会惆怅。

我今年方三十六岁，却感觉老之将至。当年，曹孟德与我隔江对垒之时，有诗曰：‘对酒当歌，人生几何？譬如朝露，去日苦多。’这是他的心声，亦是我的心声。与孟德对阵，与兄台对饮，乃我此生两大快事。”

“愚兄之幸！”苏轼道，“我也只是劝劝你罢了，我何尝没有惆怅之时。公瑾，你明天就要返回金陵了，我赠你一句诗：‘窗含西岭千秋雪，门泊东吴万里船。’”

“杜少陵的？”

“正是。这首诗，气魄之大，堪比曹孟德的《观沧海》。”

“兄台教诲，公瑾谨记。”

两人聊至半夜，方才尽兴而归。躺下后，苏轼却迟迟难以入睡。

好不容易慢慢睡着。这时，只听见一阵咚咚咚的敲门声。苏轼、周瑜皆被惊醒。原来是东吴兵丁星夜来报，说曹操手下大将张辽进犯东吴，孙权催促周瑜尽快赶回金陵。

苏轼忧心道：“虽有月光，但毕竟夜半，行船怕有危险，还是明早再走吧。”

“来不及了，必须马上走。”说着，周瑜开始收拾行装。苏轼送至岸边。只一会儿，帆船就消失在朦胧的月色中。

苏轼回来后，又是久久难以入睡。他干脆不睡了，起身至案前，挥毫写下《念奴娇·赤壁怀古》——

大江东去，浪淘尽，千古风流人物。
故垒西边，人道是，三国周郎赤壁。

乱石穿空，惊涛拍岸，卷起千堆雪。

…………

反复在心里默诵几遍，却怎么也接续不下去了。苏轼又急又气，拿起笔在书案上使劲敲起来……

“醒醒，木先生，醒醒……”有人在唤我，原来是南柯一梦。

8

附小诗一首：

孙大圣足蹬草履访仙路上偶遇邙山樵夫
乍入三星洞府俯视即见陶潜对弈菩提老祖
李太白昨日甫离，此刻已抵蛇山之巅
见崔颢题诗在上，只好哑口无言
孤帆远影是亚历山大孤独的背影

中世纪第八天爱琴海开始倒灌岳阳城
范希文经略西北有年，还朝已满目萧然
忽必烈子孙修完宋史后被逼自尽
罗贯中图王未果转而拜师施耐庵
殊不知夜夜临江把酒吊祭亦成不了仙

大一统

1

读过《三国演义》的人对此句皆耳熟能详：话说天下大势，分久必合，合久必分。

一语点破中华传统政治哲学的核心。

何谓分？何谓合？关键是说清楚什么叫“统一”。

依葛剑雄教授的标准，中国统一的时间只有八十一年（1759—1840年）。分裂、分治的时间，才是主要的。对此，国人恐怕在情感上难以接受。中国人有严重的“统一”情结、正统情结。

葛剑雄教授的标准显然过于严苛，是从后往前推，他把最后一个王朝——清朝最盛期的疆域作为界定标准。依我看，在古代，占据黄河和长江流域即算一统天下。珠江流域、西南西北、东北，不属于核心疆域。黄河中下游（尤其从长安到洛阳一线），古称“中原地区”。争夺天下一统，首先要逐鹿中原。

统一的最高统治者若是汉人，更易被接受为“正统”。若南北分治，一般奉汉人政权为正统，如南宋与金国的对峙。

偏见显而易见。北魏孝文帝改革，鲜卑高度汉化（其实汉人也鲜卑化）。冯太后、拓跋宏，皆是政治能人。而南朝宋齐梁陈，士族只知清谈，完全朽败、垮掉，远不如北朝朝气蓬勃。这一点，从庾信《哀江南赋》，可管中窥豹。

庾信（513—581），诗人、文学家。先辅佐南朝梁元帝。出使西魏，被扣，滞留不得归。长期在西魏、北周任官，迁骠骑大将军，开府仪同三司。杜甫曾以“清新庾开府，俊逸鲍参军”称誉李白。

《哀江南赋》，题目取自屈原《楚辞·招魂》：“目极千里兮，伤春心。魂兮归来，哀江南。”名为江南招魂，实则处处斥责南朝无能。“岂冤禽之能塞海？非愚叟之可移山。”诗人的眼睛明亮，他知道，南朝不是北朝对手。果然，承继北周的隋朝，一统天下。

隋唐皇族，都是汉胡混血，非纯粹汉人。隋炀帝与李渊的母亲，来自同一个家族，鲜卑人。

唐前期励精图治，出现贞观之治、开元盛世。强盛持续一百多年，至安史之乱。李世民被少数民族尊奉为“天可汗”。政治上，采胡汉双轨制。文艺上，罕见的一次复兴。诗人、画家、音乐家，群星璀璨，以后再没这样大规模出现过。唐朝的对外交流，历代最开放。大唐气象，壮阔，非凡。海外华人聚居区，被称为“唐人街”。

后来的南宋，完全是偏安政权，类似三国时的吴，被元朝灭亡。元，盛极一时，不到一百年，衰落，灭亡。明朝不如清朝强盛。

历史上，多次民族大融合。试问，今日汉人，有多少在血缘上是纯粹的？所以，不宜以血缘上的胡汉论中华。真要区分夷夏，应基于文化而非血缘。“中华”是一个包容性极强的概念。以当下眼光看，中国只有一个国族，即中华民族。近代以来，民族—国家—主权的概念，经由梁启超、杨度等启蒙思想家的宣传进入中国。一般的“民族”称谓，如56个民族，其实是指“族群”。所谓一体多元，汉人为“体”（核心），少数族群为“元”。

2

修身、齐家、治国、平天下，中国古代圣人的理想。

普天之下，莫非王土。

可是，古人眼中的“天下”，空间着实有限。最远至珠江、西域、辽东。春风不度玉门关（王之涣）。九月寒砧催木叶，十年征戍忆辽阳（沈佺期）。江南瘴疠地，逐客无消息（杜甫《梦李白》）。夜郎（贵州），已然是瘴疠之地。

公元207年，曹操北征乌丸（今辽宁一带）。魏晋疆域，只及今天辽宁东部、朝鲜北部。

中国被巨山、高原、荒漠、大海包围，和世界其他地区隔绝起来。既享受了地理上的好处，也深受其害。

利：除了北方游牧民族，其他民族攻不进来。公元751年，怛罗斯之战，唐朝败于大食（阿拉伯帝国），中亚地区开始伊斯兰化。但由于地理原因，阿拉伯帝国放弃继续东进，唐朝退出中亚地区。安史之乱爆发后，唐朝持续衰落，西域地区被吐蕃、回鹘瓜分。

弊：外来文明较难输入。东晋法显，唐朝玄奘，都是西去取经，历时十几年，行程一万多公里。印度尚属于“东”，并非真正的“西方”。可见中西隔绝之深，外文明输入之难。近代，欧西文明勃兴，零星进入中国，如利玛窦、汤若望等西洋人的贡献。大规模输入则到了19世纪，中国在战争上一败再败之后。在欧洲人眼里，中国属于“远东”。

18世纪末，马戛尔尼访华，求通商。乾隆皇帝答曰：“天朝大国，物产丰盈，无所不有，原不借外来货物以通有无。”

史家历来的解读是，清王朝心态，狂妄自大，其实并不准确。清代设立广州十三行，专司对外贸易。中英早已通商，只是规模有限。以中国为中心的东方朝贡体系，包括日本、琉球、朝鲜、越南等，实际上是一个相对自由化的区域贸易圈。明朝以来，有朝贡才有贸易，东方自成一个“世界”。沙皇俄国，也打着朝贡的幌子与中国开展贸易，贸易中心在恰克图。

清王朝心态，应予以同情的理解。何也？哪一个高度发达的文明，不是以自我为中心？今日美国，不也是一副唯我独尊的架势？问题在于，一旦在文明竞争中落败，须尽快调头，向对手学习，赶超。这方面，近代日本比中国做得好。

《三国演义》第112回，谯周致姜维信：“处大国无患者，恒多慢；处小国有忧者，恒思善。”

近代以前，中国是大国，日本是小国。因中国精英丧失忧患意识，“老大帝国”终于败于“蕞尔小国”。

小国，把日子过好即可，如瑞士。大国，须有文明自觉和主体意识。

近代中西冲突，实为两种文明的竞争。东方“朝贡体系”被迫屈从于西方“国际法体系”。

国际法体系的实质是什么？

杨度《金铁主义说》（1907年）：

> 今日有文明国而无文明世界，今世各国对于内则皆文明，对于外则皆野蛮；对于内惟理是言，对于外惟力是视。故自其国而言之，则文明之国也；自世界而言之，则野蛮之世界也。
>
> 法由强者而立，例由强国而创，世界各国所谓博士、学士，乃取以为著书讲学之材料。其实所谓法者不过如此，所谓例者不过如此。故吾不知其为法耶、例耶，但以为国际法者铁炮的说话而已。

国际法，不过是帝国一统天下的工具。英国的大一统，是“日不落帝国”。美国的大一统，是军事基地遍布全球。

古罗马、英美：外向型帝国，四处出击。

中国：内敛型国家，积极防御。多因游牧民族骚扰，中原政权反击之，融合之，疆域渐渐扩大。

1894年，甲午战争爆发，1895年，中日签订《马关条约》。日本以现代国际条约体系取代中国成为东亚国际体系的中心。20世纪30年代，日本全面侵华。其苦心经营的“大东亚共荣圈”，不过是东方朝贡体系的一种变形。

当下中国强势崛起，必将消解、改变美国主导的国际关系准则。中美冲突，是近代以来中西文明竞争的延续。

一战期间，隐居慕尼黑贫民窟的斯宾格勒（1880—1936），在摇曳的烛光下完成《西方的没落》一书。他提醒人类，文明的没落是注定的，无可挽回，恰如人的生老病死。若能再度轮回，纯属运气。

木心说，相比于东方文化的急骤堕落，西方文化也在衰颓，只是略微尊严些，舒徐有致些。

政治家的“天下观”，应瞄向茫茫苍穹，飞船、空间站、太空武器等等。先谋求在地球上的生存权，然后是地球在太空的生存权。

艺术家的“天下观”，本质是宇宙观、世界观。假设某一天（其实极有可能），彗星撞地球，一切玩完。更远的未来，宇宙爆炸。问题在于，这一天来临之前，人类怎么活。

末人，不知有汉，何论魏晋。不谈生死，何论宇宙。先知隐在群氓之中，无声地抽泣。

3

“春秋大义”，一为“大一统”，二为“讥世卿”，三为“张三世”。何谓大一统？“通三统”为“一统”。

《春秋公羊传·隐公元年》：“何言乎王正月？大一统也。”《汉书·王吉传》：“《春秋》所以大一统者，六合同风，九州共贯也。”

《论语·八佾》:“子曰:夏礼，吾能言之，杞不足征也;殷礼，吾能言之，宋不足征也。文献不足故也，足，则吾能征之矣。”

《论语·尧曰》:“兴灭国，继绝世，举逸民，天下之民归心焉”。(杞，夏之后;宋，殷之后。周武王克殷后，兴灭国，继绝世。)

《春秋繁露·三代改制质文》:“封其后以小国，使奉祀之。下存二王之后以大国，使服其服，行其礼乐，称客而朝。故同时称帝者五，称王者三，所以昭五端、通三统也。”

为表示尊礼先王，一统天下的新王应封前两代王的后人为公，称为通天下三王之统。以示海纳百川，天下归心之意。

周为天子，宋、杞，诸侯也。若对前朝皇族赶尽杀绝，则为屠夫，不是真正的“天子”。

263年，魏灭蜀，刘禅被封为安乐公。[安乐公国(263—347)存续一百多年。]

265年，晋代魏，魏元帝曹奂被封为陈留王。[陈留王国(265—479)存续两百多年。]

280年，晋灭吴，孙皓被封为归命侯。

晋武帝司马炎封曹奂为陈留王，食邑万户，宫室邺城，使用天子旌旗，备五时副车，行魏国正朔，郊祀礼乐仿魏初制度，上书不称臣，受诏不拜。陈留王国，一直到南齐时才被灭掉。

曹奂、刘禅、孙皓，三人分别被封为王、公、侯，地位有等差。王、公，有封地。侯，没有封地。

乐不思蜀，讲的是刘禅。后人耻笑他没良心，不思复国。

刘禅有那么蠢笨吗？其实是想活命。

扶不起的阿斗，讲的也是刘禅。后主果真弱智如此？非也。刘禅谈不上英明睿智，但也算中等智商。

《三国志·先主传》裴松之引《诸葛亮集》，说刘备遗诏给后主，说丞相“叹卿智量，甚大增修，过于所望，审能如此，吾复何忧”。刘备死时，刘禅十六岁，国事托付诸葛亮。及刘禅成年，并没向诸葛亮收权。不是不能收，这说明刘禅尊崇先父遗志，有知人之能、自知之明。

公元234年，诸葛亮死，刘禅重用诸葛亮死前推荐的蒋琬。公元238年，诏琬曰：“寇难未弭，曹叡骄凶，辽东三郡苦其暴虐，遂相纠结，与之离隔。睿大兴众役，还相攻伐。曩秦之亡，胜、广首难，今有此变，斯乃天时。君其治严，总帅诸军屯往汉中，须吴举动，东西掎角，以乘其衅。”（《三国志·蒋琬传》）

这种对全局的战略判断，像出自一个弱智之口吗？只能说，诸葛亮能力太强，显得刘禅“弱智”罢了。

或曰，刘禅不战而降，不如其子刘谌，宁死不屈。可史上投降的君王并非他一个。且不战而降，使百姓免遭兵燹之苦，岂非政治上的大善。（刘备遗诏：勿以恶小而为之，勿以善小而不为。）蜀国灭亡是大势所趋，人才不济，实力不济也。归罪到刘禅头上，潜意识里是蜀汉正统史观作怪。

古代——近代——当下，精神一脉相通。此亦谓之“通三统”。

《论衡》：“博览古今为通人。”鲁迅说：“专门家除了他的专长以外，许多见识是往往不及博识家或者常识者的。”

古有通儒，今有教授。教授，各有领域、各有专长。现代性的学科细分，使“知识人”变为学术体制的一环，螺丝钉一枚。说难听点，驴子也，围着磨盘不停地绕圈。马克斯·韦伯（Max Weber，1864—1920）有名言：“我又不是驴子，没有专门的领地。”

一为文人，便不足观。说的是腐儒、酸儒、教授。

不读《周易》《春秋》，不读《红楼梦》《西游记》，不可称作“文化人”。当代中国文化界，遍地“文盲”，甚至“流氓”。俗语：“就怕流氓有文化。”若真是有文化的流氓，也就好了。

民国时，师生恋是传奇。鲁迅和许广平，沈从文和张兆和。张爱玲和胡兰成也算是师生。

鲁迅、许广平有《两地书》。沈从文《湘行散记》写道：“我行过许多地方的桥，看过许多次数的云，喝过许多种类的酒，却只爱过一个正当最好年龄的人，我应该为自己感到庆幸。”

这才叫高雅的调情，“有文化的流氓”。沈从文，原寄身土匪队伍，酷爱读书、写作，后成北大教授。

现在的师生恋，多是纯粹的体液交换。

陈师曾（又名衡恪，1876—1923）：“文人画有四个要素：人品、学问、才情和思想，具此四者，乃能完善。”

当代文人、画家，四者皆无。偶尔练练书法，家里挂几幅“名人”字画，附庸风雅。

苏轼：“观士人画，如阅天下马。”

今人到马场骑马，游乐。不阅马，不懂马。

通儒、文人画的时代一去不返。“通”不了的现代知识人，可悲乎，可怜乎?

4

一统天下者，为天子。天子唯一。《三国演义》第80回："天无二日，民无二主。"

天子，最高主权代表。或称"王"(夏王、周武王)、"皇帝"(三皇五帝，秦始皇)、"君"。

"王""天子""皇帝"，是传统概念。"君主"，更具现代政治学色彩。

《周礼·天官》:"惟王建国，辨方正位，体国经野。"《说文》:"王，天下所归往也。"

《史记·秦始皇本纪》:"臣等(李斯等)昧死上尊号，王为'泰皇'。命为'制'，令为'诏'，天子自称曰'朕'。"王曰："去'泰'，著'皇'，采上古'帝'位号，号曰'皇帝'。他如议。"

君王的诞生，本是部落征战、走向文明国家的自然结果。领袖独具魅力，形成所谓超自然人格(charisma，克里斯玛)。为维系一统天下的秩序，更有效地进行治理，帝国的理论家发明种种"君权神授"学说。

董仲舒倡导天人感应说，曰：屈民而伸君，屈君而伸天。

《圣经》：上帝造人。第一人亚当为君。

中国的"天"，是无人格化的神。西方的"神"，是人格化的上帝。

天子，总是笼罩着一层神秘主义色彩。"真龙天子"的诞生常伴随祥瑞，或长得迥于常人。

《史记·高祖本纪》：

> 刘媪尝息大泽之陂，梦与神遇。是时雷电晦冥，太公往视，则见蛟龙于其上。已而有身，遂产高祖。高祖为人，隆准而龙颜，美须髯，左股有七十二黑子。

《三国演义》第1回：

> （刘备）生得身长七尺五寸，两耳垂肩，双手过膝，目能自顾其耳，面如冠玉，唇若涂脂。

《三国演义》第32回：

> （曹）丕初生时，有云气一片，其色青紫，圆如车盖，覆于其室，终日不散。有望气者，密谓操曰："此天子气也。令嗣贵不可言！"

这当然是"神化"。但百姓愿意相信。

英国史上唯一被砍头的国王，是查理一世（1600—1649）。断头台上，刽子手害怕国王神威，浑身颤抖。先向王跪拜，然后才行刑。围观的民众争抢国王的血，说国王的血神奇，能治病。英国版"人血馒头"。

查理一世爱艺术，经常邀请文学家、艺术家至宫廷。死前，背诵自己写的诗，从容赴死。不失高贵。

1689年，洛克发表《政府论》，反击罗伯特·菲尔麦的“君权神授论”。但消除“迷信”，岂能一蹴而就。

最不信神的是拿破仑，自己给自己加冕。教皇只能坐一旁，干瞪眼。我有诗，献给拿破仑——

翻越阿尔卑斯山
巴黎近在眼前
静静等待我的，除了
阿尔萨斯红葡萄酒
还有民众冀盼的眼神
和闪闪的王冠

政治家心里清楚，天子存在的正当性源于“定于一”的政治需要。是民心所向，但又离不开实力支撑。并非强有力者皆可称帝，这关涉“正统性”。

获得“正统性”的两种方式：革命，禅让。

武王伐纣，革命也。伯夷、叔齐，否定武王伐纣的正当性，不食周粟。孟子则肯定之：闻诛一夫纣矣，未闻弑君也。

《易经·革卦》：“天地革而四时成，汤武革命，顺乎天而应乎人，革之时大矣哉。”

何谓“革之时”？中国传统，不承认皇帝万世一系，革命从来是与时俱进。“王侯将相，宁有种乎。”（陈胜）“彼可取而代也。”（项羽）“皇帝轮流做，明年到我家。”（《西游记》第7回）

与“万世一系”的日本政治传统截然不同。

清末政改，学日本，搞君主立宪。1908年清廷颁布《钦定宪法大纲》。第一条：“大清皇帝统治大清帝国，万世一系，永永尊戴。”欲放弃实质统治权，以换得君主“万世一系”。

但中国不是日本，民族文化心理迥异，政改最终失败。

禅让，程序比革命麻烦。需要说服性过程，还要遵守严格的礼仪。

董卓擅行废立，虽然不得人心，但也进行了说理。《三国演义》第4回：

> 孝灵皇帝，早弃臣民；皇帝承嗣，海内侧望。而帝天资轻佻，威仪不恪，居丧慢惰：否德既彰，有忝大位……陈留王协，圣德伟懋，规矩肃然；居丧哀戚，言不以邪；休声美誉，天下所闻：宜承洪业，为万世统。兹废皇帝为弘农王，皇太后还政。请奉陈留王为皇帝，应天顺人，以慰生灵之望。

董卓号称“应天顺人”，但实际上不得人心，引来各路诸侯讨伐，天下大乱。

曹魏代汉，三揖三让，最后登坛受禅。功夫做得可谓足矣。《三国演义》第80回，《禅让书》曰：

> 咨尔魏王！昔者唐尧禅位于虞舜，舜亦以命禹：天命不于常，惟归有德。汉道陵迟，世失其序；降及朕躬，大

乱滋昏：群凶恣逆，宇内颠覆。赖武王神武，拯兹难于四方，惟清区夏，以保绥我宗庙；岂予一人获乂，俾九服实受其赐。今王钦承前绪，光于乃德；恢文武之大业，昭尔考之弘烈。皇灵降瑞，人神告征；诞惟亮采，师锡朕命。佥曰：尔度克协于虞舜，用率我唐典，敬逊尔位。於戏！“天之历数在尔躬”，君其祇顺大礼，飨万国以肃承天命！

“我命在天”，说得不错；“以德配天”，更是中国传统。从大历史的角度看，曹魏代汉具有正当性。禅让过程，《三国志》的记载极其详细、琐碎，令人看得头疼。若以禅让为题作博士论文，必须细读这部分。

实际上，禅让在古代中国是一种常见的政权转移方式。禅让是以武力为后盾的柔性夺权，“正当性”的合法转移。至于是否为“篡”，不好界定。

政治，真诚地做戏。有时形式就是内容，就像绘画，形象做到极致，也是大艺术家。中国画，矢心于意象，过犹不及。

政治，哪有什么黑白分明。若三言两语说得清，还称得上政治？政治，众人之事，无法纯粹。艺术，个人之事，可以纯粹。

传说时期的尧舜禹姑且不论，历史上的禅让有：

王莽篡汉（公元8年），曹魏代汉（220年），晋代曹魏（265年）；

刘宋代晋（420年），齐代宋（479年），梁代齐（502年），陈代梁（557年）；

北周代西魏（557年），隋代北周（581年），唐代隋（618年）；

后梁代唐（907年），后周代后汉（951年），北宋代后周（960年）。

中华民国的建立，也有一半来自禅让。当时，南方爆发革命，但北方仍在清王朝统治之下。最终是南北谈判、妥协。

1912年2月12日，清帝逊位。交换条件（或者称为政治契约）是共和政府优待清室。溥仪后来投进日本怀抱，直接原因是：1924年被赶出紫禁城；1928年清东陵被国民革命军盗挖。在溥仪看来，是共和政府先违背了约。

天子，不应视作一个“人”，而是一种礼仪、制度和功能。政治上，最大的“主义”是实用主义、现实主义。

《三国演义》第80回，华歆等上书汉献帝，说上天示瑞，魏当代汉。汉献帝曰：“祥瑞图谶，皆虚妄之事；奈何以虚妄之事，而遽欲朕舍祖宗之基业乎？”汉献帝窝囊，但并不蠢。图谶祥瑞之说，本就可以自由解释。若华歆等众大臣支持汉献帝而非曹丕，自有另一番说辞。

东汉末年，军阀混战，没一家独大。天子虽是虚设，却也不可或缺，因其象征“天命”“正统”“中央”。曹操“挟天子以令诸侯”，在政治上是高明的棋，具有先见之明。袁绍“事后诸葛亮”，悔之晚矣。

袁术无意中捡到传国玉玺，就敢草率称帝，太缺乏政治头脑。成众矢之的，转眼败亡。

刘备初始自称“汉中王”，直到曹丕称帝以后，才在众人拥戴之下“假惺惺”称帝，与曹魏争夺天下正统。

曹操有称帝的实力，却一直拒绝称帝。我的理解，曹操是不在意这个称号。大象无形，大音希声。公元210年，曹操发布《让县自明本志令》，直白心迹：

身为宰相，人臣之贵已极，意望已过矣。今孤言此，若为自大，欲人言尽，故无讳耳。设使国家无有孤，不知当几人称帝，几人称王！或者人见孤强盛，又性不信天命之事，恐私心相评，言有不逊之志，妄相忖度，每用耿耿……既为子孙计，又己败则国家倾危，是以不得慕虚名而处实祸，此所不得为也。

这话说得极实在。

“设使国家无有孤”：若非消灭各地割据势力，则处处“土皇帝”。

“己败则国家倾危”：担当意识，非仅为一己考虑。

“不得慕虚名而处实祸”：大智慧。袁术蠢笨，“慕虚名而处实祸”。

“名为汉臣，实为汉贼”，只是反曹势力的口号。口号，当不得真。罗贯中以蜀汉为正统，把刘备刻画成仁义之君，我看是适得其反。我读《三国演义》的印象：大诚若奸，曹操也；大伪若诚，刘备也。

曹操是交响乐，刘备是室内乐。曹操，男高音。刘备，男低音。

曹操的出场乐，应是《英雄的黎明》，日本音乐家横山菁儿作曲。日本人也爱看《三国演义》和《西游记》。

刘备的出场乐，应是柴可夫斯基的《C大调弦乐小夜曲》。

《三国演义》第85回，刘备托孤诸葛亮：

先主命内侍扶起孔明，一手掩泪，一手执其手，曰："朕今死矣，有心腹之言相告！"孔明曰："有何圣谕？"先主泣曰："君才十倍曹丕，必能安邦定国，终定大事。若嗣子可辅，则辅之；如其不才，君可自为成都之主。"孔明听毕，汗流遍体，手足失措，泣拜于地曰："臣安敢不竭股肱之力，尽忠贞之节，继之以死乎！"言讫，叩头流血。

"心腹之言""君可自为成都之主""汗流遍体""叩头流血"……托孤俨然变成了君臣试探、斗法。似乎，一旦诸葛亮表忠心的力度不够，随即就会被赐死。但《三国志·诸葛亮传》的记载，不太一样：

章武三年春，先主于永安病笃，召亮于成都，属以后事，谓亮曰："君才十倍曹丕，必能安国，终定大事。若嗣子可辅，辅之；如其不才，君可自取。"亮涕泣曰："臣敢竭股肱之力，效忠贞之节，继之以死！"

《三国志·先主传》评刘备：

先主之弘毅宽厚，知人待士，盖有高祖之风，英雄之器焉。及其举国托孤于诸葛亮，而心神无贰，诚君臣之至公，古今之盛轨也。

刘备和诸葛亮都是政治人、聪明人。托孤诸葛亮，既是出于政治理性（没有他人可供托付），也是基于真诚信任。临死之际，没必要演戏。演戏，反显得不信任。若诸葛亮果欲取而代之，刘备这一番表演，岂非白费心机。何况，诸葛亮内无余帛，外无赢财，其至公至诚之心，刘玄德深知。若他连这一点识人之能都没有，何以能从“织席编屦小辈”（袁术语），屡败屡战，逐步壮大为可与曹操抗衡的一代枭雄。此外，“君可自取”是否等同于“君可自为成都之主”，亦可讨论。

但《三国演义》这一段描写，令人印象深刻！

小说家之言和史家之言毕竟不同。《三国演义》，浅读是故事、历史，深读是人性、哲学和艺术。

诸葛亮，良臣也，贤臣也。清廉、公正，与后主关系还算谐和。

张居正，大臣也，能臣也。但贪名、贪财，与神宗关系并不谐和，死后被抄家。纪昀评：“其振作有为之功，与威福自擅之罪，俱不能相掩。”

元末，义军有数支。朱元璋采纳学士朱升建议，“高筑墙，广积粮，缓称王”。“缓称王”，就是不当“出头鸟”，转移元廷和其他义军的注意力。不重蹈历史上袁术的覆辙，可谓大智慧。最终，朱元璋一统天下。

民初，军阀割据。袁世凯搞洪宪帝制，是基于政治集权的实质考虑，不宜简单地解读成“个人野心”“窃国大盗”。

梁启超的《异哉所谓国体问题者》(1915年)，细细品之，并非对袁的讨伐，而是无尽的惋惜。我猜度梁启超的心声："袁公啊袁公，1914年约法已把你变成事实上的君主(可称为绝对总统制)，何必再要君主的名号呢，曹孟德就不要这个虚名。难道袁公不知，称帝一旦失败，不仅身败名裂，且使国家变得更糟吗？"

1914年的"袁记约法"(《中华民国约法》)是一部不平凡的宪法。

葛兰西(意大利共产党创始人和领导人之一，1891—1937年)说："现代君主"不可能是个人，只能是有机的政党。

袁世凯毕竟只是一个传统的"政治能人"，认识不到"组织"的力量，缺乏意识形态能力，无以解决现代性的政治整合难题。1921年，中国共产党成立。1922年，孙中山改组国民党。新的领导精英诞生。

不宜苛求前人。君主抑或共和，只是策略之争、道路之争。

杨度，筹安会六君子之一。受洪宪帝制牵连，名声很坏。其实，他的《君宪救国论》是一篇雄文(一如他的《金铁主义说》)，值得细品。据称周恩来逝世前特意交代，杨度是地下党员，参与过营救李大钊的行动。有人说杨度是变色龙，依我看，他从未改变对"定于一"(大一统)的追求。具体的拥戴对象有变，但政治理想如一。

读史，要穿越意识形态的迷雾。

政治，高贵的谎言，必要的谎言。

5

《三国演义》第13回，有诗曰："人心既离天命去，英雄割据分山河。"道出东汉末年权力下沉、地方做大的现实。集权制、郡县制遭到极大破坏。

中国历史，每逢治世大一统，则为强干弱枝或强干强枝。乱世割据，则为弱干强枝。

周代，典型的封建大一统。基础是宗法制。周天子以下，是分封国、诸侯。《左传》："封建亲戚，以藩屏周。"

秦始皇一统天下，"废封建，置郡县"。中国由原来的"封建大一统"转向"专制大一统"。专制，本是中性词，近似"集权"。

在现代性语境中，专制变成贬义词，根源于马基雅弗利《君主论》对奥斯曼帝国（土耳其）的观察、孟德斯鸠《论法的精神》对中国政治的分析。是洞见，更是偏见。孟氏的书，晚清梁启超经日文转译，某些流毒延续至今。

汉初，分封、郡县并行。地方尾大不掉，中央权威受损。晁错、贾谊建议削藩，众建诸侯而少其力，诱发七王之乱。平叛后，中央集权加强。汉武帝推行"推恩令"，诸侯子孙依次分享封土，地尽为止。与此同时，汉武帝"罢黜百家，独尊儒术"。思想大一统，政治大一统，相并而行。

东汉末期，割据的未必皆英雄，但定是枭雄。群雄纷争，你方唱罢我登台。最后剩曹、刘、孙三家，是为三足鼎立。

世人皆知诸葛亮"隆中对"，却不知还有鲁肃版的"隆中对"。

《三国志·鲁肃传》，鲁肃答孙权曰：

> 昔高帝区区欲尊事义帝而不获者，以项羽为害也。今之曹操，犹昔项羽，将军何由得为桓文乎？肃窃料之，汉室不可复兴，曹操不可卒除。为将军计，惟有鼎足江东，以观天下之衅。规模如此，亦自无嫌。何者？北方诚多务也。因其多务，剿除黄祖，进伐刘表，竟长江所极，据而有之，然后建号帝王以图天下，此高帝之业也。

周瑜有帅才，鲁肃却更具战略视野。单刀赴会，历史上确有其事，但主角不是关羽，而是鲁肃。实际情形是，关羽被鲁肃驳得哑口无言，“羽无以答”。

诸葛亮和鲁肃：心有灵犀，不点亦通。

“郡县”对“封建”的胜利，对应的是人才选拔、精英循环机制的变迁。大趋势：血统、门第，走向崩溃。当然，有一个漫长过程。

西汉以来，实行察举制。随着政治朽败，察举制渐渐蜕化、变质，举荐被门阀士族垄断。一些高门大族，世代身居高位。袁绍、杨修家族，都是四世三公。

曹操建立的是“法家寒门之政权”（陈寅恪语），重用人才，不论出身。《宋书·恩幸传》中谈到，曹魏建立九品中正制，“盖以论人才优劣，非谓世族高卑”。这势必会遭到士族抵制。曹操杀孔融、杨修，与此有关。

刘备和孙权也都面临如何驾驭当地士族的难题。孙权的方针是利用、限制、压制。陆逊，属江东大族，儒将，在猇亭之战中大败刘备。一生出将入相，晚年却遭孙权疑忌，忧愤而死。后获平反。项安世（1129—1208）有诗："周瑜方奏凯，陆逊遂成名。一觉华胥梦，千年战国情。"

陆机，陆逊之孙，著有《文赋》。文采飞扬的文学评论——菜单比菜还好吃的又一个例子。"精骛八极，心游万仞"等句子，极有气势。

到魏晋南北朝，九品中正制变质，日渐门阀化。上品无寒门，下品无士族。左思（约250—约305），西晋文学家，他有诗《咏史》（其二）讽刺这种现象："世胄蹑高位，英俊沉下僚。地势使之然，由来非一朝。"

淝水之战，东晋一方的指挥谢安，即属高门大族。东晋时期，士族称得上有为。到了南北朝，则朽败至极。隋唐时期，科举制建立，重考试、轻门第，士族势力进一步没落。武则天非常残忍，杀掉不少李氏皇族、大臣，但她的治国能力超强。她打击关陇勋贵，提拔寒门庶族，中国政治进一步平民化。

孟郊诗《登科后》："春风得意马蹄疾，一日看尽长安花。"讲的是新科进士的兴奋和喜悦。

刘禹锡诗《乌衣巷》："旧时王谢堂前燕，飞入寻常百姓家。"讲的是门阀大族的消亡。

郡县制（集权制），科举制（文官考试制度），标志中国政治的成熟。也是早熟。

近代欧洲，经过两百多年（1640—1871年）革命、改革，"废封建"，逐渐向资本主义现代科层制国家转型。日本到明治时期，才“废藩置县”，推行文官考试制度，成为中央集权的大一统国家。

早熟的易早衰。为中国政治、文化一叹。

中国政治、经济，或可在短期内恢复曾经的荣光。文化呢，不容乐观。

唐末，藩镇割据，成了事实上的“封建”。柳宗元名篇《封建论》，系有感而发，冀望重树中央权威。

> 圣贤生于其时，亦无以立于天下，封建者为之也。岂圣人之制使至于是乎？吾固曰：“非圣人之意也，势也。”

藩镇割据，“势也”。安史之乱后，大唐气数已尽。此后一百多年，苟延残喘。晚唐文学，好在有韩柳（韩愈、柳宗元），小李杜（李商隐、杜牧）。

小杜诗：“南朝四百八十寺，多少楼台烟雨中。”哀叹繁华已逝。

应祭奠的岂止南朝。北朝佛寺，气势更胜一筹。龙门、云冈、莫高三大石窟，都在北方。

《洛阳伽蓝记》，有物哀之美，有沉痛之念。中国史上稀见的“安魂曲”。让人联想到古希腊悲剧、肖斯塔科维奇第八交响曲。第八交响曲，悲而不凄。《胡笳十八拍》，凄而不悲。中国音乐，格局是小了些。

在顾炎武看来，封建之失，其专在下；郡县之失，其专在上。理想政制是“寓封建之意于郡县之中”。

清代的土司制、八旗制、盟旗制、伯克制和噶厦体制，是寓封建之意于郡县之中。

6

中国南北分界线：秦岭、淮河一线。

历史上，一般由北方统一南方。大一统王朝的首都皆在北方（秦：咸阳；汉、隋唐：西安、洛阳；北宋：开封。元明清：北京。北宋的统一相对有限）。

南北大战，若北方取得胜利，则全国一统。

秦灭楚，进而一统天下；

隋灭陈（结束南北朝）；

宋灭南唐等十国；

元灭宋；

靖难之役（内战。北方的叔叔打败南方的侄子）；

清灭明。

若南方胜，则南北分治。如赤壁之战、淝水之战。

北伐成功的，寥寥无几。

诸葛亮六出祁山，呕心沥血，终不能成，卒于军中，年五十四。杜诗：出师未捷身先死。陈寿评曰："然连年动众，未能成功，盖应变将略，非其所长欤。"（《三国志·诸葛亮传》）依我看，非仅因诸葛亮能力欠缺，实由于蜀汉实力不逮。

"元嘉草草，封狼居胥，赢得仓皇北顾"（辛弃疾《永遇乐·京口北固亭怀古》)，讽喻的是刘义隆两次北伐失利。

“王师北定中原日，家祭无忘告乃翁。”（陆游《示儿》）注定只能是残梦。

例外：朱元璋北伐、国民革命军北伐。

朱元璋，凤阳人。凤阳的民俗风情，更近北方，三国时属魏。朱元璋北伐成功，是因为元廷太腐朽，灭亡是大势所趋。纵使有脱脱［脱脱帖木儿（1314—1356），深得民心，被时人誉为“贤相”，曾编撰宋辽金三国史］这样的贤臣、能臣，亦无力回天。朱元璋死后，朱棣发动政变，争得天下，果断迁都北京，仍是以北统南。

国民革命军北伐，只是形式上统一中国。中原大战后，新军阀继续割据，统一问题并没有真正解决。何况，还有红色根据地的星星之火在燃烧，在燎原。共产党以陕北为根据地，坚持抗战，继而入关，占领东北，最终统一全国，仍是以北统南。正应了宋代名臣李纲之语：“自古中兴之主，起于西北，则足以据中原而有东南。起于东南，则不能复中原而有西北。”（《宋史·李纲传》）

为何是北方统一南方？涉及战略、地势、语言、人种（体质）等多种变量。不宜从单一视角分析。

“盖天下精兵健马皆在西北。”（《宋史·李纲传》）古代，西北是核心。周秦汉唐都是从西北取天下。

春秋战国时期，秦国在西北。西北草原，盛产良马。秦人先祖，即是养马出身。（周）孝王曰：“昔伯翳为舜主畜，畜多息，故有土，赐姓嬴。今其后世亦为朕息马，朕其分土为附庸。”（《史记·秦本纪》）

北人，尤其西北人（关西），身强体壮，彪悍勇敢（哪怕只是匹夫之勇），在冷兵器时代占优。由《诗经·秦风·无衣》可见大秦军威：

岂曰无衣？与子同袍。王于兴师，修我戈矛，与子同仇！

岂曰无衣？与子同泽。王于兴师，修我矛戟，与子偕作！

岂曰无衣？与子同裳。王于兴师，修我甲兵。与子偕行！

孔子，鲁国人（关东），曾论及“南方之强”与“北方之强”的差异。曰：“宽柔以教，不报无道，南方之强也，君子居之。衽金革，死而不厌，北方之强也，而强者居之。”（《中庸》）

只有说西北大汉、山东大汉，没有说湖南大汉、广东大汉的。

秦人好战，又有制度优势（商鞅变法）。君明臣贤，上下齐心，遂一统天下。

公元五世纪，日耳曼人入侵，灭亡了西罗马帝国，建法兰克王朝（后分裂为今天的法兰西、德意志、意大利），北方打败南方。

美国内战，也是北方战胜南方。

湘军镇压太平军，是南方内部之争。南方的“北部”（湘人）打败南方的“南部”（珠江人，或粤人）。

有人设想，假若曾国藩反清，清必亡。

曾国藩是理学名臣，怎可能反？即使反，也未必能服众、一统天下。左宗棠、李鸿章会唯他马首是瞻？

何况，还牵扯到异常复杂的边疆问题。

这种设想的潜意识：不待见清朝。扬州十日、嘉定屠城、文字狱、清末革命党人的排满宣传等等，都加深了民众对清朝的恶感。

战争必杀人、死人。张献忠屠川，简直杀人魔王，比清军有过之无不及。

历朝历代皆有文字狱，明朝的文字狱，其暴戾程度不下于清。文人处境最好的朝代是宋。可宋朝积弱，被北方少数民族压着打。宋词婉约，唐诗豪放，一个朝代一个性格。汴州、杭州，暖风熏得游人醉，又怎堪比西京长安神都洛阳。

康乾盛世一百多年，人口剧增。开疆拓土，消除边患。撰修《康熙字典》《四库全书》。诞生了《红楼梦》。怎么解释？

“一体多元”的帝国政制体系（当下多有承续），是由清朝夯实的。

清末民初的反清宣传，显然过火了。汉人（某些汉人）对满清王朝的偏见，也着实太深。

胜利史观充满偏见——“胜利者的纪念碑”，常常一笔抹杀失败者的历史贡献。但遗憾史观更不可取。

鲁迅《北人与南人》一文说，北人南相者，是厚重而又机灵；南人北相者，不消说是机灵而又能厚重。

按周易、五行学说，南为火，北为水。太极之道，一阴一阳，相克相生。

伍尔夫说，任何创造性行为，都必须有男性和女性之间心灵的某种协同，相反还须相成。莎士比亚、普鲁斯特都是雌雄合体。

伍尔夫本人就是女生男相，雌雄合体。她的《一间自己的房间》，文笔极美，哲思极深。

出名，既缘于自身之伟大，又缘于他人的误读。误读，有善意，有恶意。知识界，恶意的太多，心胸褊狭而已。

誉满天下、谤满天下者，最成功。秦始皇、汉武帝、武则天、孝庄太后、拿破仑等等。

其次，谤满天下者。慈禧。

最差，誉满天下者。（问题是，这样的人，存在吗？尤其在政治史上。）

不读鲁迅、厌憎鲁迅的人，不可救药。

中国最好的诗歌，诞生在"书同文"之前。

《诗经》，北方的诗歌。原始，质朴，有力。《楚辞》，南方的诗歌。飘洒、俊逸、灵秀。杜甫的诗近乎《诗经》，李白的诗近乎《离骚》。

俗话说，南腔北调。

北方只有一种方言，相互之间大概听得懂（腔近，调不同。类似英语中伦敦东西部音调的差别）。

南方，最少六种（吴、湘、赣、客、粤、闽。腔不同，类似法语和西班牙语的差异）。闽，分闽南、闽北。另一种说法，"八闽互不交通"。推广普通话，是求"字同音"。

京剧，源自安徽，融会汉调、昆曲、秦腔，在北京形成国剧。

可谓南腔北调之精粹。

自古及今，融合南北关系有这样几大机制：

战争。往往是民族大融合的契机。战争还导致人才“用脚投票”。商鞅，卫国人。张仪，魏国人。李斯，楚国上蔡人。皆被秦重用。

科举。全国一盘棋。四方举子，齐聚京师。明初（1397年丁丑科会试），为平衡南北关系，曾发两榜。因为第一次发榜，全是南人，导致北方籍官员不满，引发政治风潮。于是，朱元璋亲自策试，又发第二榜。史称“南北榜案”。

政党。现代政党的组织和整合力量，是以往任何团体都比不上的。毛泽东（1944年）说：“我们都是来自五湖四海，为了一个共同的革命目标，走到一起来了。我们还要和全国大多数人民走这一条路。”

市场。天下熙熙，皆为利来；天下攘攘，皆为利往。自古如此。由于技术原因，古代商品、人才流动的规模十分有限。今天，全国性大学、高速公路、高速铁路，使西东北南更加有机地融合在一起。

7

附小诗一首：

Empire①是个虚词
Civilization②也是

耶稣上马打仗，张飞步行传道
日不落帝国莫卧儿帝国皆成明日黄花
亚历山大曹孟德萨拉丁铁木真相约草原赛马
莫扎特举手招呼：公瑾先生，你好！
夜深千帐灯，诸葛孔明张居正对饮
康德戚戚然来北大教授宇宙史
ARTS[③]是大写的
“I”也是

注：① Empire：帝国。
② Civilization：文明。
③ ARTS：艺术。

第二辑

铜雀

《三国演义》第44回，诸葛亮为激周瑜抵抗曹操，说曹操攻打吴国，除了想一统天下外，还欲得江东二乔，以乐享晚年。并说曹操命子曹植作《铜雀台赋》，以示此志："揽二乔于东南兮，乐朝夕之与共。"

周瑜听罢，果然上当，愤怒异常。诸葛亮佯作惶恐状，曰不知者不为罪。当然，他是揣着明白装糊涂。

曹植确实作有《登台赋》，却并无"揽二乔"之句。非诸葛亮作伪，罗贯中造假也。

诸葛亮与周瑜对话，说曹操"本好色之徒"，在小说中有据可查。《三国演义》第16回，宛城之战后，曹操私下询问左右，城中可有妓女。结果，妓女没找成，曹操倒是和张绣的寡婶勾搭上了。张绣知道后，降而复叛，杀曹操长子曹昂、侄曹安民及大将典韦。曹操也差一点丢了性命。

据史载，曹操好色是真。而且，曹操嗜好成熟的少妇（而非少女）。其杜夫人是吕布部将秦宜禄之妻，尹夫人是大将军何进的儿媳。

性和权力，本质上都是一种征服欲、支配欲。法国思想家福柯说：“权力带有性爱的刺激和快感。”

食、色，性也。英雄、艺术家概莫能外。

曹孟德，上马打仗，下马写诗。战时舞长缨，战罢弄红装。

拜伦、雨果、瓦格纳、毕加索，都游走于艺术与女人之间。

关于性与艺术的关系，最权威的诠释来自弗洛伊德。

弗洛伊德说，精神人格有三重结构：本我，自我，超我。

本我，潜意识的思想、本能。主要包括生存本能、死亡本能、性本能。

曹孟德《短歌行》：“对酒当歌，人生几何！譬如朝露，去日苦多。”他是唯恐死前无法实现一统天下的夙愿。

柴可夫斯基（1840—1893），俄国最伟大的音乐家，也经常困扰在计划中的曲子完成之前，自己意外死去。这是一种强烈的生命焦虑感。

性欲的满足、高潮的瞬间（欲仙欲死），或许能暂时克服上述焦虑。本我以快乐为原则。

自我，现实原则支配或暂时中止了快乐原则。

越是成熟理性的人（比如政治家），越擅长以自我驾驭本我。

荒淫的君王，无法控制性本能，臣服于肉体的快乐。

曹操私通张绣的寡婶，是小说家言，不见正史记载。现实中，曹操对众夫人、姬妾皆甚好（由曹操《遗令》可见一斑）。正妻卞夫人（曹丕、曹植生母）极贤惠，识大体，妻妾之间其乐融融。

超我，由完美原则支配，属于人格中的道德部分。包括低层次的良心（道德禁忌、世代累积的内化道德）和高层次的理想。

超我是对自我的反思、批判、提升。能超越自我的是超人。

唯有史诗般的行动（政治、军事）和伟大的思想、艺术，能超越生死，跨越时空，获得永恒性。艺术是潜意识和性本能的升华。

性交是兽性，做爱是神性。

伟大的诗人、艺术家和政治家，皆是半神半人。

刘玄德、孙仲谋，只是单纯的“政治人”，在做人的气魄和艺术气质上，比曹孟德差得远。

当代有电影《铜雀台》（2012年），对曹操的塑造较客观。

杜牧诗《赤壁》：“折戟沉沙铁未销，自将磨洗认前朝。东风不与周郎便，铜雀春深锁二乔。”

其实，我更喜欢杜牧另一首诗，《山行》：“停车坐爱枫林晚，霜叶红于二月花。”

人间最美之事：与甄夫人泛舟洛河之上，与貂蝉共赏香山红叶。

分香

公元220年，曹操死。留下《遗令》:“余香可分与诸夫人，不命祭。诸舍中无所为，可学作组履卖也。”

陆机（261—303）讽之曰“雄心摧于弱情，壮图终于哀志”。英雄人物岂能牵绊于身外之物，留恋妻室儿女呢？

苏轼亦云：“操以病亡，子孙满前而咿嘤涕泣，留连妾妇，分香卖履，区处衣物，平生奸伪，死见真性。”曹操一代奸雄，死前露了回真性情。

我欣赏曹孟德，但不必说“唯大英雄能本色，是真名士自风流”之类。

我们本应只关注大政治家、大艺术家“半神”的一面，但这是违反人性的，尤其违反庸人之性。谁能挡住庸人潮水般的好奇心？

智者，是对一切都发生惊奇的人。赤子之诚。

愚者，是对一切都产生好奇的人。娱乐心态。

柴可夫斯基因成名太早而焦虑。他说，隐私被人刺探的滋味并不好受（当下娱乐明星则喜欢被炒作）。

曹操的时代，没有报纸，没有电视，没有互联网，但有清流之议。彼时的、后世的文人雅士，对英雄、政治家存在太多误解。求全责备也。

魏晋清流，近乎风流（如陆机）。后世清流，太多伪善之徒（东坡先生倒可除外）。

曹操死，死得孤独。

夫子曰：未知生，焉知死。公开谈论“死”，在中国是禁忌。

写“死”最好的作家，是托尔斯泰。

托尔斯泰笔下的安德烈公爵之死，高贵；安娜之死，刚烈；伊万·伊利奇之死，孤独。

《战争与和平》写道，安德烈公爵死前有一种超脱尘世、轻松愉快的感觉。他安静地等待死亡的降临。但是，对娜塔莎的爱，唤起他对生命的珍惜、对未知世界的恐惧。

> “娜塔莎，我太爱您了。我爱您胜过世上的一切。”
>
> “爱？爱是什么？”
>
> “爱阻止死。爱就是生。因为我爱，我才懂得一切，一切。”

每读到这一段，我就泪眼模糊。

《安娜·卡列尼娜》，共八部，二百三十九节。只有一节拟了标题，即第五部第二十节，标题是“死”。写的是列文哥哥之死。亲睹哥哥垂死的瞬间，列文开始形而上地思考死亡问题。

列文是“俄国的哈姆雷特”，他曾一度濒于自杀。

小说中写道：列文唯恐一时冲动自杀，遂把家中的绳索藏起，不敢靠近、携带枪支。

托尔斯泰写的不是列文，而是自己。所有作家，都是从不同角度写自己。品位有高低，境界有高低罢了。

安娜 + 列文 = 托尔斯泰。在《忏悔录》中，托尔斯泰系统地反思了自己的成长和心路历程。《忏悔录》是他的灵魂变奏曲，是他的“自杀反思录”。

加缪说，自杀或者说死亡，是哲学的首要命题。

《伊万·伊利奇之死》，托尔斯泰最伟大的中篇小说。写的是一个官场成功人士死前的痛苦、孤独，周围人（包括亲人）的虚伪、冷漠。只有老实巴交的仆人和未成年小儿子，给他带来些许精神的慰藉。

以我的看法，未临死，焉知生。黄泉路上，皆是孤独的鬼魂。看不透这一点，就算不上合格的艺术家。

曹操《遗令》：“敛以时服，无藏金玉珠宝。”

曹丕临终前，遗命简葬于山林，“无立寝殿、造园邑、通神道……无藏金银铜铁”。

曹操、曹丕，都是通脱之人，大诗人兼政治家。曹植，怨气太重，自艾自怜。

曹丕

说起曹丕，国人习惯予以有罪推定，罪行有三：一，作伪，夺太子位；二，逼汉献帝退位；三，迫害兄弟，有曹植《七步诗》为证。

夺储之争，向来残酷。威望的较量，能力的展示。不必大惊小怪。

作伪，不是政治品格的瑕疵。“建大业者不拘小节，知天命者不系细物。”(《三国志·文帝纪》)

政治家本应德术兼备，王霸相济。何况，公德与私德不同。

马基雅弗利（1469—1527）在《君主论》中说，君王要迅猛如老虎，狡猾如狐狸。君王应牢牢控制军队，以恐惧为统治原则。君王须知如何掩饰兽性，做一个伟大的“伪装者”和“假好人”。

同时期的荷兰思想家伊拉斯谟（约1466—1536）表示不同意。他反击道，君王应仁慈而公正，不可压迫民众。应对君王进行教育、规训。“要从上帝本身那里，从兼具神性与人性的耶稣基督身上，借鉴治理之典范，他们的教诲也将是教育的主要源泉。”

依我说，伟大的君王，与天才的艺术家一样，皆可遇不可求。亚历山大、曹操和拿破仑都是天生的王者。

二流君王，可教。曹丕自幼苦读，随父出征乌丸。可见，作为父亲的曹操，为了培养他，用心良苦。

文帝不及武帝雄韬伟略，但算得上兢兢业业。

威强睿德曰武，经纬天地曰文。

曹操创业，曹丕守成。

马基雅弗利是对的，伊拉斯谟也没错。是君王之道的一体两面。马基雅弗利真诚，知政治之恶为必要，但自己不作恶。

水至清则无鱼。权术、腐败、灰色地带等，本是政治、人性无可回避的一面。就像城市离不开下水道。不想沾染污秽，就别钻下水道。

屈原高洁，身陷污泥之中，又不愿随波逐流，唯有死。

林黛玉葬的不是花，是自己。质本洁来还洁去，强于污淖陷渠沟。

“出淤泥而不染”只是比喻，事实上不可能。鲜花注定在牛粪上旺起来。

最地道的中国餐馆，其厨房往往“不堪入目”（和日式料理店没法比）。美食往往来自古城小店、老街的小摊（卫生不一定达标），而非金碧辉煌的大饭店。

中国人的胃和长寿，就是这样吃出来的。

禅让，若顺天应人，则具有政治正当性。汉献帝无德无能，曹丕称帝，符合历史大势。“逼”汉献帝，是不得已而为之。

政治能力与文学才华不能画等号。否则，陶渊明、李白应该做皇帝。可能吗？再想想李煜、赵佶，都成了亡国之君。其实，他们也是国亡之后，诗词才写得沉痛。

柏拉图倡导哲学王，只是一种理想。接近哲学王的君王（政治家）：伯里克利、西塞罗、恺撒。

伟大的君王既能做事，又会读书、作文。曹丕《典论·自叙》：

> 上（曹操）雅好诗书文籍，虽在军旅，手不释卷。每每定省从容，常言："人少好学则思专，长则善忘。长大而能勤学者，唯吾与袁伯业耳。"余是以少诵诗论，及长而备历五经四部，《史》《汉》诸子百家之言，靡不毕览。所著书论诗赋，凡六十篇，至若智而能愚，勇而能怯，仁以接物，恕以及下，以付后之良史。

曹操、曹丕身为一代帝王，天资聪颖，尚勤奋如此，吾等岂能无愧乎？

七步

《七步诗》的真伪，本身就成问题。最初仅见于《世说新语·文学》：

> 文帝尝令东阿王七步中作诗，不成者行大法。应声便为诗曰："煮豆持作羹，漉菽以为汁。萁在釜下然，豆在釜中泣。本自同根生，相煎何太急！"帝深有惭色。

大可质疑。

文帝，聪慧人也。果欲谋害其弟，自有上策、上上策，何必出此下策，授人口实。

文帝，政治人也。对颇有势力的曹植作种种限制，实为巩固君权、防止割据。契合大一统的政治需要。

文帝，感性人也，多情，善感，厚道。有诗《燕歌行》："忧来思君不敢忘，不觉泪下沾衣裳。援琴鸣弦发清商，短歌微吟不能长。"

或曰，诗歌、书信不足以佐证人品。可言者信《七步诗》为实，以子建之诗佐证史实，又何故也？政治烟雾弥漫，而人各有偏爱，只相信愿意相信的事。

偏爱子建，或因其才高。谢灵运（385—433）曰："天下才有一石，曹子建独占八斗，我得一斗，天下共分一斗。"

"才高八斗"典出于此。只是，谢灵运对曹植评价太高，对自己也太过自信。评价别人，首先看自己是什么人。谢灵运不过是一个诗匠。曹植，勉强可算半个诗人。

三曹，诗以曹操最高。文以曹丕最佳（《典论·论文》）。赋，子建第一（《洛神赋》）。

以诗论，曹操《观沧海》，苍茫，刚健，有开创之象。诗如其人，人如其诗，已臻艺术的最高境界。

诗歌方面，曹丕、曹植平分秋色。

曹丕《燕歌行》，最早的七言诗。《杂诗》两首，可见曹丕清峻、深沉的性格。

曹植最好的诗是《赠白马王彪》，感情真挚，沉痛悲郁。曹植的其他名篇有——

《美女篇》：

> 罗衣何飘飘，轻裾随风还。
> 顾盼遗光彩，长啸气若兰。

《洛神赋》：

> 仿佛兮若轻云之蔽月，飘飖兮若流风之回雪。
> 远而望之，皎若太阳升朝霞；迫而察之，灼若芙蕖出

渌波。

华丽，美极，读后不忘。

王世贞《艺苑卮言》:“子建天才流丽，虽誉冠千古，而实逊父兄。何以故？材太高，辞太华。”

“材太高”，反受其害，曹植就差点被害死。后来模仿者，直接饮鸩死。谢灵运只是其中之一。

才子，往往才气有余，才力不足。以运动项目作比：或可参加跳水或花样游泳，至于拳击、足球等，就不行啦。

曹丕的第一个艺术知音是刘勰。他在《文心雕龙》中写道：“文帝以位尊减才，思王以势窘益价，未为笃论也。”

人之常情，是同情弱者、失败者（如曹植）。

而同情弱者、失败者，其实是奴隶道德。尼采终生攻击奴隶道德，誓不妥协。

圣经中《新约·马太福音》:“凡有的，还要加给他叫他多余。没有的，连他所有的也要夺过来。”

我们应支持、拥戴强者：生活上的强者，艺术上的强者。

政治家多欣赏曹操、曹丕，文人雅士多倾慕曹植。

世人伧俗，不读诗。只对典故、奇闻、逸事感兴趣，所以相信《七步》的真实性。文学上，好事家太多，评论家太少。

且去认真读几遍三曹诗文再说。

坊间流传的三国武功指数排名：吕布，典韦，赵云，关羽，张飞……好事家之言。

我的排名：曹操，诸葛亮，司马懿，鲁肃，吕布……想一想为什么。

鲁迅和顾随，曹丕在20世纪的知音。顾随和木心，20世纪中国最杰出的文学评论家。木心，20世纪中国最优秀的诗人。

我爱太白诗《侠客行》。十步杀一人，千里不留行。

卧龙

《三国演义》第36回，徐庶因老母被曹操挟持，不得已辞别刘玄德。临行前隆重推荐诸葛亮，曰："（诸葛亮）自号为'卧龙先生'。此人乃绝代奇才，使君急宜枉驾见之。若此人肯相辅佐，何愁天下不定乎！"

徐庶大概自以为是另一"绝代奇才"，否则，何以此前不推荐？（担心自己地位受到威胁？）大有嫉贤妒能之嫌。

我常以小人之心度君子之腹。

卧龙，潜龙也。《易经·乾卦》："初九，潜龙勿用。"谁能用之？真龙天子也。惺惺相惜的同类。《易经·乾卦》："同声相应，同气相求。"

刘备死前托孤诸葛亮，曰："如其不才，君可自取。"我相信刘备说的是真心话。

我偶尔也以君子之心度君子之腹。

龙，帝王的象征。帝王被称为"九五之尊"。《易经·乾卦》："九五，飞龙在天，利见大人。"

《易经》是变的哲学。龙，擅长变化。曹操曰：

龙能大能小，能升能隐；大则兴云吐雾，小则隐介藏形；升则飞腾于宇宙之间，隐则潜伏于波涛之内。方今春深，龙乘时变化，犹人得志而纵横四海。龙之为物，可比世之英雄。(《三国演义》第21回)

曹操、刘备，皆具多个面孔。若说曹操奸诈，刘备又岂遑多让。然两人皆龙也，飞上天的龙。

杰出的政治家、艺术家，大多经历过从“潜龙勿用”到“飞龙在天”的蜕变过程。龙的前身是蛇，蛇的前身是蚯蚓。

历史上，龙真实存在过吗？恐龙灭绝于数千万年前。文学、影视作品中的龙，纯属想象。

据中国古代典籍，龙为神异动物，四灵之一。《礼记·礼运》：“麟、凤、龟、龙，谓之四灵。”

龙的种类繁多：有角龙与无角龙，有足龙与无足龙，有翼龙与无翼龙，等等。

龙分五色，青、赤、黄、白、黑。白龙为火龙。《西游记》中，白龙马承担五行中“火”的角色。

龙在十二生肖中排第五。

在中国传统中，龙象征祥瑞。而在西方，龙（和蛇）则是邪恶、混乱、黑暗、毁灭的代表。屠龙（蛇）是西方文学艺术常见的主题。

古希腊神话中，赫拉克勒斯是大力士。幼时，曾经勒死巨蛇。长大后，又杀九头蛇贺德拉（Hydra）。看守金羊毛的也是一条巨蛇。在伊甸园诱惑夏娃的也是蛇。

西格弗里德（Siegfried）和圣乔治（Saint George），皆是西方神话中著名的屠龙英雄。

据《尼龙伯根之歌》，矮人族用莱茵河底的黄金打造神奇指环，后被巨人族夺走，交由一只恶龙看守。西格弗里德用宝剑杀死恶龙，然后他舔舐龙血，从此懂鸟语；又用龙的血沐浴，从此刀枪不入。瓦格纳将此故事编成歌剧《尼龙伯根的指环》。

圣乔治是基督教早期殉教者，骑士的典范。一天，圣乔治来到某异教徒城市。彼处居民为附近湖中的恶龙所苦，被迫每天敬献一个活人供其食用。轮到公主被献祭，途径于此的圣乔治杀死恶龙，救了公主。全城居民感恩于他，改宗，信基督教。拉斐尔（1483—1520）、鲁本斯（1577—1640）有同名画作《圣乔治大战恶龙》。

仅仅一条纯属想象的“龙”，在东西方挑动的神经就迥然不同，怪不得文明冲突难以避免。旧的世贸大厦被炸，新的世贸大厦重建。而世界秩序的重建，真不知要到何年何月了。

亨廷顿确有先见之明（参见其名著《文明的冲突与世界秩序的重建》）。

我劝诸葛亮：与其掺和政治，莫如躬耕南阳。

于是，孔明欣欣然回到曾经的避居之所。

却只见，茅庐毁，小楼建，处处“农家乐”。门前竹林中弈棋的石台子不见了，代之以几张麻将桌。

大梦

《三国演义》第38回，孔明醒来，吟道："大梦谁先觉？平生我自知。草堂春睡足，窗外日迟迟。"

好诗！环绕四季的皆是梦。

孔明春睡足，做的自然是"春梦"，经纶天下之梦。"每自比管仲、乐毅。"壮志满满，只是未酬。

哪个少年不多情，哪个少女不怀春？

少年维特做的是爱情梦。梦碎，自杀。诗人歌德倒是永葆青春，一次次恋爱，一首首情诗。"我爱你，与你无涉。"活过，爱过，写过。

莎士比亚：仲夏夜之梦。

爱是坚贞，又极盲目。魔汁、仙后、精灵、蠢驴和相恋的青年男女，一起合成绝妙的奏鸣曲。莎翁如此快乐，如此温柔，如此恣肆。仲夏夜之梦，满满的荷尔蒙。

鲁迅：秋夜之梦。

枣树下，落叶的爱，落叶的梦。先生比枣树还寂寞（毕竟，枣树还有两棵）。昏黄的灯，静肃、寂寞、苍茫。烟雾漫漫，绕梁不去。那就醒着做梦吧。"前梦才挤却大前梦时，后梦又赶走了前梦。”普鲁斯特做的是长长的美梦，鲁迅做的是短短的噩梦。

贾宝玉：凛冬之梦。

他曾进入太虚幻境。真不该醒来。醒来后，只见眼前白茫茫一片大地真干净。到头一梦，万境归空。整日未尽一粒米，饥寒交迫的曹雪芹，龟缩在墙角的桌子旁，颤颤抖抖写下最后一行字：“都云作者痴，谁解其中味？”

艺术家，做梦、追梦、盗梦的人。

红尘纷扰，乱世佳音。嗟兮叹兮，沉吟至今。
楼台怅望，月华照君。思兮念兮，香草美人。
梦境洪荒，幻海情身。归兮悟兮，菩提生根。

冬天来了，春天就不远了。下一个冬天也不远了。

鲁迅说：“做梦，是自由的，说梦，不自由。做梦，是做真梦的；说梦，就难免说谎。”

做梦，又岂是自由的。梦是现实的折射，只是潜意识、本我暂时逃脱了意识、自我的监管和羁束。梦是脱缰的马。梦是自由意志的失败，是不自由的表现。

说梦，恰恰是自由的。艺术家说起梦来，天马行空，天南海北，观古今于须臾，抚四海于一瞬。哪一个伟大的诗人、艺术家，不是说梦、说谎的高手？

诗人不是任性的孩子。脱缰的马，会将人掀翻在地。希腊神话中，法厄同任性，驾驶太阳马车巡游，失控，酿大灾。

人中吕布，马中赤兔。

马是好马，可吕布任性、蛮横、倨傲，“粗中少亲，刚而无礼，匹夫之雄耳”(《三国志·程昱传》)，骑不得赤兔马。

关羽也配不上。他之失荆州，并非一时大意，而是性格使然。

配得上赤兔马的，唯有曹操。的卢马也是一匹好马，跃檀溪，救主人（刘备）。

《三国演义》第36回：“徐庶荐了孔明，再别玄德，策马而去。玄德闻徐庶之语，方悟司马德操之言，似醉方醒，如梦初觉。”

一流政治家、艺术家，先知先觉，大梦先觉。

二、三流政治家、艺术家，后知后觉，甚或不知不觉。

东风

《三国演义》第49回，周瑜卧病，鲁肃心中郁闷。孔明知其心病，于是密书十六字：“欲破曹公，宜用火攻；万事俱备，只欠东风。”写毕，递与周瑜。

周瑜不信孔明能成功，私下对鲁肃说：“隆冬之时，怎得东南风乎？”肃曰：“吾料孔明必不谬谈。”

孔明于十一月二十日甲子吉辰，登七星坛作法。

是夜，将近三更时分，忽听风声响，旗幡转动。周瑜出帐看时，旗脚竟飘西北。霎时间东南风大起。周瑜骇然：“此人有夺天地造化之法、鬼神不测之术！若留此人，乃东吴祸根也。及早杀却，免生他日之忧。”

诸葛亮果真有夺天地造化之术？当然不可能。与孙大圣不同，诸葛孔明只是一个凡人。他飞不到天上去，更不认识风婆婆。七星坛作法，纯属子虚乌有。即若有，亦必是装模作样。最多只能说，孔明熟知当地气候规律，大胆预测之。

当时到底刮东南风没有？答案是肯定的。正史有记载，何况有那么多人参战，风的问题，不可能造假。

《三国志·周瑜传》：“盖放诸船，同时发火。时风盛猛，悉延烧岸上营落。”裴松之注引《江表传》曰：“时东南风急，因以十舰最著前，中江举帆，盖举火白诸校……去北军二里余，同时发火，火烈风猛，往船如箭，飞埃绝烂，烧尽北船，延及岸边营柴。”

赤壁之战发生在建安十三年冬十二月（公元208年12月25日到209年1月23日）。《三国志·魏志·武帝纪》有记载：“十二月……公自江陵征备。”故《三国演义》设定的时间，十一月二十日，是错的。

十二月岂不是更冷了吗（刮东南风的可能性更小）？是的。隆冬，最冷的一段时间。

实际上，整个三国时期，中国都很冷。据竺可桢《中国近五千年来气候变迁的初步研究》一文，中华五千年，温暖期和寒冷期（小冰河期）交替发生。而三国时代，恰处于第二个寒冷期（从公元初到公元600年）的中间。

《三国志·文帝纪》记载：公元225年，曹丕率十万大军至广陵（今淮安附近），准备伐吴，但是这一年大寒，沿江的水道都结上了冰，战船不得入江，只能作罢。

连淮河都结冰了。有文字记载以来第一次结冰，确实很冷。

明末爆发旱灾、饥荒、农民起义，即因再一次遭遇小冰河期。

而今的全球变暖，是刚脱离小冰河期的自然趋势（参见许靖华《气候创造历史》一书）。所以，不必过于惊慌，和碳排放关系不大。

即使只有一度之差，对农作物生长亦会产生极大影响。小冰河期，会更频繁地出现旱灾、粮荒、饥荒，人口增长缓慢。

曹操战官渡，即出现粮草补给困难。曹操纳许攸计，火烧乌巢，袁绍败局立定。曹魏屯田，亦为缓解军粮之困。

既然当时如此寒冷，何以隆冬会起东南风？

《三国演义》第49回：

> 孔明曰："连日不晤君颜，何期贵体不安！"瑜曰："人有旦夕祸福，岂能自保？"孔明笑曰："天有不测风云，人又岂能料乎？"瑜闻失色，乃作呻吟之声。

隆冬刮东南风，只能归结为"天有不测风云"。

气象学家提供的解释是，当时赤壁东边出现了一个小高压。北半球的高压为反气旋，气流顺时针流出。这样，高压西部的赤壁地区就正好吹起东南风。

谋事在人，成事在天。天不欲助曹公乎？

阿鲁威《蟾宫曲·怀古》：

> 问人间谁是英雄？有酾酒临江，横槊曹公。紫盖黄旗，多应借得，赤壁东风。
>
> 更惊起南阳卧龙，便成名八阵图中。鼎足三分，一分西蜀，一分江东。

正因天不助曹公，才有了精彩纷呈的"三国演义"。否则，故事岂不是早早结束了？

八卦

《三国演义》第100回，司马懿和诸葛亮比斗阵法。司马懿摆混元一气阵，诸葛亮摆八卦阵。结果，司马懿大败。

打仗，自然有行军布阵之法。如郑庄公创“鱼丽之阵”。(《左传 · 桓公五年》) 鱼丽阵是由车卒编组组成的一种阵法。兵车一队分为二偏，每偏二十五乘车。以步卒五人为伍，在车后，弥补偏间的缝隙。因阵法看似鱼队，故名“鱼丽之阵”。但阵法并没有使郑国变成霸权。

亚历山大的马其顿方阵倒是横扫欧亚，所向披靡。但帝国的强盛只是一时，亚历山大病死后，帝国分裂。

战争，凭靠的是统帅的指挥才能，诸兵种的有机配合，士兵的战斗意志和战斗力。阵法威力常被夸大，八卦阵在中国更是被神化。

杜诗：功盖三分国，名成八阵图。

杜甫和罗贯中都钦慕诸葛亮，但艺术手法难免夸张。艺术家，有几个统率过千军万马、有治军经验的?

八卦（阵）被神化的潜意识，是《易经》被玄化、神化。太极阴阳图、八卦、九宫、六、九等等一系列神秘的数字和符号，变得玄而又玄。

周易和八卦，等而上之，可谓一套认识世间万象的哲思义理。等而下之，就成了算命先生愚弄民众的手段。

预测是可能的。算命，则纯属胡扯。

诸葛亮、刘伯温，能算出自己的寿命吗?

应携一把枪去见算命先生。问：算一算你自己能活到几时?

答：不算己命。

直接给一枪。

宏观之命，如宇宙、世界演变，无可预知。老子曰：天地不仁，以万物为刍狗。古希腊悲剧《俄狄浦斯王》的主题是“命运”，冷酷的“命运”。哈姆雷特诅咒命运像娼妇一样无情。

微观之事，有规律可循。但人也只能掌控一半。马基雅弗利说得好：“命运是我们半个行动的主宰，但是它留下其余一半归我们支配。”能支配这一半命运的人，是强者。贝多芬扼住了命运的咽喉，《命运交响曲》是对命运女神的诅咒。

围绕东方的《易经》、西方的《诸世纪》（诺查丹玛斯），产生种种附会解释。多荒诞之论。

潘雨廷说周易，神神道道，有点见识。木心谈周易，简约而深刻。

金庸最懂中国人心理，他设计的武打招式和内功心法，灵感多源自《易经》《道德经》及其他古代经典。“降龙十八掌”，化自《易经》（乾、坤、履诸卦），《九阴真经》化自《道德经》。

《易经》中的卦，对应了宇宙万象：乾天、坤地、巽风、震雷、坎水、离火、艮山、兑泽。

把宇宙万象画成八卦，是中国古人的智慧。“哲学”，希腊文的本意是爱智慧。

京剧中孔明出场，身着阴阳八卦袍，代表智慧。中国人神化诸葛亮，是对智慧的向往。

太阳系有八大行星（冥王星已被取消行星资格），刚好是“八”。

新疆有小城名特克斯，按八卦原理筑城，入城好像进了一座巨大的迷宫。河南汤阴县有羑里城，也摆了一个八卦阵。我进去过一次，差点没走出来。

《易经》是一座迷宫。博尔赫斯短篇小说《小径分岔的花园》：时空的迷宫。

里尔克的诗《秋日》：“谁此刻没有房屋，就不必建筑。”

诗人不筑房屋，另造迷宫。艺术的迷宫，进得去，还要出得来。

古希腊神话中，忒修斯幸得爱人阿里阿德涅的帮助，杀死弥诺陶洛斯（牛头人身怪物），走出迷宫。

艺术家是阿里阿德涅的线团。

诫子

家训是古典中国的精华。颜之推、朱熹和曾国藩都曾留下家训，广为流传。而诸葛亮的《诫子书》，篇幅虽短，意境却十分幽远。

> 夫君子之行，静以修身，俭以养德，非澹泊无以明志，非宁静无以致远。夫学须静也，才须学也。非学无以广才，非志无以成学。淫慢则不能励精，险躁则不能治性。年与时驰，意与日去，遂成枯落，多不接世，悲守穷庐，将复何及！

第一句最有名。“静以修身，俭以养德”和“澹泊明志，宁静致远”常被制成条幅，悬于明堂、书房、厅室。

实际上沦为摆设。太多人是满嘴淡泊静俭，一肚子功名利禄。进则喜，退则忧。

艺术家，家里不挂字画。挂普希金、莎翁像。

诫子——所有父亲、老师的难题。

孺子又岂可诫、可教也。在黄石公眼中，张良可教。学，觉也，主要靠自觉。夫子曰：不愤不启，不悱不发。不能举一反三，不是好学生。

教导、训诫，之于天才、良子是锦上添花。如曹丕、曹植、曾纪泽（曾国藩的儿子）。之于庸才、俗子，如刘禅、孙皓等，管用吗？

天才，如莫扎特，不是教出来的。比莫扎特的父亲严苛的人多了去，有几个孩子成大音乐家的？

孔鲤是孔丘之子，但并非其父最出色的学生。

梁启超子女九人，一门三院士（梁思成、梁思永、梁思礼），父子皆不凡。

那些大器早成、晚成的人，不仅天赋更高，且比常人用功百倍。但勤奋也得靠自觉。

不要逼庸才成天才。卡尔说，叔叔（贝多芬）希望我上进，但我偏要堕落。

逼急了，导致逆反心理。

张居正严厉教导幼时的朱翊钧（明神宗）。朱翊钧亲政后，报之以抄家，削尽其宫秩。差一点掘其坟、鞭其尸。

大家族，经常是一代不如一代。《红楼梦》中，贾府四代人的辈分，用字着实绝妙：

代，人字旁。像个人物。贾代化、贾代善。

敬，反文旁。文质彬彬，方为君子。“反文”实为讽刺，贾赦已然是伪君子。

珍，王字旁。金玉其外，败絮其中。代表人物：贾珍、贾琏。贾宝玉是例外。

蓉，草字头。草包一个。贾蓉，本来只是个荫生，为了让秦可卿的葬礼显得风光一点，其父贾珍斥巨资给他捐了个五品龙禁尉。

焦大醉骂，骂得好："我要往祠堂里哭太爷去，那里承望到如今生下这些畜牲来！"（《红楼梦》第7回）

可是，骂，改变不了贾府朽败的趋势。

马尔克斯经典小说《百年孤独》。布恩迪亚家族，也是一代不如一代。第七代传人长猪尾巴，刚出生就被蚂蚁吃掉。

王朝的开国（或早期）君王，往往英明神武，雄韬伟略。而到了王朝末年，连皇帝的性能力似乎都成了问题。康熙，骑在马上的君王，活下来的子女有三十六人。而同治、光绪，无子。溥仪，无子。

后人经常附会前代名人，说某某是某某的后裔。如，曹雪芹是曹操多少代子孙。据说还经过了严格的DNA（脱氧核糖核酸）验证。

纯属好事家的无聊。

《诫子书》，诫的是诸葛瞻（227—263）。诸葛瞻后战死，有骨气。

诸葛亮另有《诫外甥书》，也极好："夫志当存高远，慕先贤……若志不强毅，意不慷慨，徒碌碌滞于俗，默默束于情，永窜伏于凡庸，不免于下流矣！"

我们应疾俗如仇，免于下流。

曹营

身在曹营心在汉的有三个人：关羽、徐庶、荀彧。

《三国演义》第25回，曹军围困关羽于土山。在张辽的劝说下，关羽愿意投降曹操，但提出“降汉不降曹”。操笑曰：“吾为汉相，汉即吾也。此可从之。”

“降汉不降曹”，岂非意味着关羽自己承认此前并非汉臣？

曹操则有偷换概念之嫌，“吾为汉相”不等于“汉即吾”。曹操“挟天子以令诸侯”，既给自己贴上了政治合法性的标签，却也给自己戴上了一道金箍。

儒学也是一道金箍。汉武以来，权力操纵儒学，但也陷入儒学之彀，互为陷阱和馅饼。

明朝皇帝几十年不上朝，儒家官僚体制照常运行。言中国是独裁、专制、一人之治者，简单，可笑。

关羽叹曰：“吾极知曹公待我厚，然吾受刘将军厚恩，誓以共死，不可背之。吾终不留，吾要当立效以报曹公乃去。”（《三国志·关羽传》）

曹操赠关羽赤兔马，关羽当着众人之面，道：“吾知此马日行千里，今幸得之，若知兄长下落，可一日而见面矣。”（《三国

演义》第25回）

罗贯中大大拉低了关羽的智商。关羽岂会蠢笨如斯，连一点面子都不给曹操?

关羽眼中其实并无汉家正统之念，全系个人恩德，因为刘备与他“寝则同床，恩若兄弟”。患难之交、兄弟之谊，绝非曹操赐宴、赠袍、赠马可轻易取代。

刘玄德比勾践强。勾践可共患难，不可共富贵。

《三国演义》第50回，华容道义释曹操，只是小说家的演义，不可采信。但可衬托关羽之忠义。

关羽忠义，但骄矜、刚愎自用。陆逊曾对吕蒙曰：“羽矜其骁气，陵轹于人。始有大功，意骄志逸……”（《三国志·陆逊传》）

关羽喜读《春秋》，却“骄于士大夫”。当时的文人雅士，定然不喜他。

王夫之《读通鉴论》卷九，严词批评刘备误用关羽。“关羽，可用之材也，失其可用而卒至于败亡，昭烈之骄之也，私之也，非将将之道也。”

《三国志》评刘备“有高祖之风，英雄之器焉”。

汉初，韩信赞誉高祖道：“陛下能将将。”

刘备并非不能将将，然而远远不及高祖。

刘备伐吴，直接原因是关羽被杀。刘备念“同起之恩私”，政治上不够理性，这一点又不如勾践。

关羽死后，追谥“壮缪侯”。根据谥法，武而不遂、死于原野曰壮，名与实爽曰缪。谈不上是一个美谥。

唐宋以后，关羽逐渐被神化，后世帝王赐以种种封号。先是给姜子牙当徒弟（唐代），后被封为“忠惠公”（宋代）、“武安王”（宋元），直至“封帝”（明代）。顺治九年（1652年），关羽被封为“忠义神武关圣大帝”。从此，“武圣”关羽赫然与“文圣”孔子并列。

罗贯中生活在关羽“封王”的宋元时代。当时关羽的封号是“显灵义勇武安英济王”。

民间杂剧和戏曲使“关大王”“关公”的形象深入人心。关汉卿有剧《关大王独赴单刀会》，而关汉卿恰好也姓关。

曹公的“公”，货真价实。关公的“公”，有点名不副实。

“关公”已经成为一种文化符号，深深浸入中国人的精神血脉之中。据说，香港警察祭拜绿袍关公，黑社会祭拜红袍关公。关公，成了自上至下的信仰，简直黑白通吃。

历代帝王为何表彰、神化关公？仅因“忠义”二字而已，没有帝王喜欢“叛臣逆子”。乾隆干脆直接改关羽谥号为“忠义侯”。

统治者绝不会神化断锁崩枷、血溅鸳鸯楼的武松，他太叛逆。

而宋江，又注定不讨好。忠非忠，义非义，一个极纠结的人，真心替他难过。

同是身在曹营心在汉，关羽、徐庶是感恩刘玄德，而荀彧是基于政治信仰。荀彧如此聪明，却看不出汉亡乃大势所趋，不亦悲乎？

汉贼

曹操数次被骂为“汉贼”。《三国演义》详写的，就有袁绍、徐庶母、诸葛亮等人之骂。

《三国演义》第30回。袁绍怒骂曰：“汝托名汉相，实为汉贼！罪恶弥天，甚于莽、卓，乃反诬人造反耶！”操曰：“吾今奉诏讨汝！”绍曰：“吾奉衣带诏讨贼！”

此为诸侯之争，逻辑是成王败寇。若论正当性，“奉诏”更具正当性。毕竟，“衣带诏”纯属子虚乌有。

袁绍骂曹操“甚于莽、卓”。不确。曹操一没篡位，二没更换皇帝。他起兵之初亦是为了维持汉家天下，“欲为国家讨贼立功”，理想是封侯，做征西将军，无奈汉家气数已尽。

《三国演义》第36回，徐庶母厉声骂曰：“汝虽托名汉相，实为汉贼。乃反以玄德为逆臣，欲使吾儿背明投暗，岂不自耻乎！”言讫，取石砚便打曹操。

此为“求死之骂”，果然激怒曹操。曹欲斩之，程昱急止之，谏曰：“丞相若杀之，则招不义之名，而成徐母之德。”后用计骗得徐庶来到曹营，徐母慨然自缢。

真实的历史是怎样的?

《三国志·诸葛亮传》:“俄而表卒，琮闻曹公来征，遣使请降。先主在樊闻之，率其众南行，亮与徐庶并从，为曹公所追破，获庶母。”

可见，徐母被俘的原因是，刘备势力薄弱，不足以保护部下和家小。而且，此时诸葛亮和徐庶皆归刘备，并无徐庶辞别刘备之前推荐诸葛亮之事。

《三国演义》第43回，诸葛亮舌战群儒。薛综问曰：“孔明以曹操何如人也？”孔明答曰：“曹操乃汉贼也，又何必问？”综曰：“公言差矣。汉传世至今，天数将终。今曹公已有天下三分之二，人皆归心。”孔明厉声曰：“今曹操祖宗叨食汉禄，不思报效，反怀篡逆之心，天下之所共愤；公乃以天数归之，真无父无君之人也！”

诸葛亮内心果真如此看低、嫌恶曹操？答案是否定的，毕竟英雄识英雄。

薛综之论，并非毫无道理。而孔明之骂，胜在气势。是话语策略，与他内心的真实想法无关。

曹操大军压境，东吴诸臣欲降，只有孙权认为不可。孙权知之，诸葛亮亦知之。诸葛亮握住了孙权的心理。

后，刘备东征吴国。孙权为了缓解来自蜀汉的军事压力，果断向曹魏称臣。当然，这只是表面文章：“外托事魏，而诚心不款。”(《三国志·孙权传》)

克劳塞维茨说，战争是政治的延续。同样，和平也是政治的延续。是战是和，一切以时势为转移。有时，不得不以战求和。

魏、蜀、吴三国，各怀各的鬼胎。这正是《三国演义》有趣的地方。

刘备东征吴国之前，赵云谏曰："国贼乃曹操，非孙权也。今曹丕篡汉，神人共怒。陛下可早图关中，屯兵渭河上流，以讨凶逆，则关东义士，必裹粮策马以迎王师；若舍魏以伐吴，兵势一交，岂能骤解。愿陛下察之。"（《三国演义》第81回）

赵云此语颇具战略远见，但刘备不允。

当时，曹魏最强，蜀吴只能结盟，不可为敌。蜀吴之战，双方实力皆被削弱。

曹操被骂为"汉贼"。首先要搞清楚的问题是，何谓"汉"？汉朝，汉人，还是以汉人为主体的中华？

若指"汉朝"，则曹操是半个"汉贼"。他虽然没有称帝，但埋下曹丕篡位称帝的种子。

若指"汉人"，则曹操显然不是"汉贼"。他消灭割据势力，发展生产，恢复社会秩序，人民生活相对安定。

若指"中华"，则曹操更非"汉贼"。他北征乌丸，西讨韩马（韩遂、马超），降服南匈奴和鲜卑，促进了民族融合。

古有"汉贼"之名，今有"汉奸"之词。曹操不是"汉贼"，李鸿章也不是"汉奸"。

李鸿章《绝命诗》：

劳劳车马未离鞍，临事方知一死难。
三百年来伤国步，八千里路吊民残。
秋风宝剑孤臣泪，落日旌旗大将坛。
海外尘氛犹未息，请君莫作等闲看。

签订《马关条约》的前夜，李鸿章定是彻夜不眠、大口吐血的吧！

多一点理性判断，少一点道德评价。

不可随便给人戴“高帽”。高帽，高帽，多少罪恶假汝而行。

知音

“知音”一词，在《三国演义》中仅出现一次。第57回“柴桑口卧龙吊丧”。孔明祭周瑜文，可谓惊天地，泣鬼神。

> 呜呼公瑾！生死永别！朴守其贞，冥冥灭灭。
> 魂如有灵，以鉴我心：从此天下，更无知音！

这哪里还是曾经口唤“周瑜小儿”的诸葛孔明？（实际上，周瑜比诸葛亮还大六岁，二十一岁即追随孙策平定江东。）已然把周瑜视作一大知音。前后对照，孔明岂非太虚伪了？

支持诸葛亮的人说，祭文只是演戏，目的是化解仇恨、消除隔阂。

“既生瑜，何生亮？”按《三国演义》的说法，周瑜是被孔明活活气死的。只有鲁肃这般忠厚之人，才会被孔明轻易骗过。

支持周瑜的人则言，周瑜和诸葛亮惺惺相惜，互为知音。诸葛亮祭周瑜的知音之叹，才是肺腑之言。

显然，这又矫枉过正了。诸葛亮出山后第二年发生赤壁之战（公元208年）。他奉命出使东吴，说服孙权共同抵抗曹操。既然共同御敌，就有结盟之意，那诸葛亮与周瑜定然有交往。但各为其主，相互猜忌，想来不大可能产生什么深情厚谊。

赤壁之战后两年周瑜才病死，当然和孔明没什么关系。

“三气周瑜”只是小说家杜撰，无史实根据。何况，据《三国志·周瑜传》，周瑜“长壮有姿貌”“性度恢廓”，不是一个小气的人。当时，程普仗着资格老，数次凌辱周瑜，但周瑜并不计较。若他气量狭小，只恐难以担任军队统帅。

既为三国鼎立的格局，则诸葛亮、周瑜二人在政治上亦敌亦友。或者说，是遥为知音。

依此逻辑，曹操与孙权亦称得上知音。“生子当如孙仲谋”——曹操颇欣赏孙权。

如此，则“知音”一词有泛滥之嫌。钟子期和俞伯牙表示很生气。

若说知音，曹操和郭嘉是知音。两人首次相见，纵论天下大事。曹操曰：“使孤成大业者，必此人也。”郭嘉亦喜曰：“真吾主也。”郭嘉深有谋略，达于事理。一次，曹操情不自禁赞道，“唯奉孝为能知孤意”。赤壁之战败归，曹操感叹：“郭奉孝在，不使孤至此。”

若说知音，刘备和诸葛亮为知音。刘备三顾茅庐，诸葛亮授之以《隆中对》。关羽、张飞等人愤愤不悦。刘备解之曰：“孤之有孔明，犹鱼之有水也。”裴松之评曰：“观亮君臣相遇，可谓希世一时，终始之分，谁能间之？”

若说知音，董卓和蔡邕是知音。董卓暴尸于市，众人避之唯恐不及，只有蔡邕伏尸大哭。王允怒斥道："董卓逆贼，今日伏诛，国之大幸。汝为汉臣，乃不为国庆，反为贼哭，何也？"蔡邕伏罪曰："邕虽不才，亦知大义，岂肯背国而向卓？只因一时知遇之感，不觉为之一哭，自知罪大。"众官爱惜蔡邕才华，极力说情。王允不容，杀之。(《三国演义》第9回)

曲有误，周郎顾。

周瑜若再活三十年，倒可与嵇康成为知音、忘年交。嵇康奏一曲《广陵散》，周瑜品断之，若何？

木心致陈巨源的信："窃以为明月清风易共适，高山流水固难求也。"

陈巨源懂木心。

木心比我幸运。

檄文

言之无文，行而不远。有两篇檄文在历史上声名赫赫。

一为三国陈琳的《为袁绍檄豫州文》，另一为唐初骆宾王的《为徐敬业讨武曌檄》。后者曾入选清代吴楚材编的《古文观止》。

陈琳檄文，把曹操骂得狗血喷头。《三国演义》第22回：

> 左右将此檄传进，操见之，毛骨悚然，出了一身冷汗，不觉头风顿愈，从床上一跃而起，顾谓曹洪曰："此檄何人所作？"洪曰："闻是陈琳之笔。"操笑曰："有文事者，必须以武略济之。陈琳文事虽佳，其如袁绍武略之不足何！"

曹操慧眼，袁绍的武略果然不行。袁绍败后，陈琳归降曹操。

曹操一见面就质问道，陈琳啊陈琳，你骂我也就罢了，怎把我的祖上也骂了（"恶恶止其身，何乃上及父祖邪"）。

陈琳好就好在，虽是命题作文，却也写得文采斐然、铿锵有声。

《文心雕龙·檄移》评："陈琳之《檄豫州》，壮有骨鲠。"《文心雕龙·章表》又曰："琳、瑀章表，有誉当时；孔璋称健，则其标也。”

“孔璋”，陈琳的字号。“称健”，健壮，有气势。标，代表。

曹丕亦有评价：“孔璋章表殊健，微为繁富。”

微为繁富，意思是不够精简。这一点，不如骆宾王。就气势言，《讨武曌檄》也更胜一筹。难怪武则天埋怨道：“宰相之过也，人有才如此，而使之流落不偶乎？”

檄文须有佳句、警句，后人才记得住。《讨武曌檄》——

> 喑呜则山岳崩颓，叱咤则风云变色。
> 一抔之土未干，六尺之孤何托。

三国初期，文学才华最高的是曹氏父子。另有“建安七子”，陈琳列名其中。

除了檄文，陈琳另有诗《饮马长城窟行》也极好：

> 饮马长城窟，水寒伤马骨。
> …………
> 生男慎莫举，生女哺用脯。
> 君独不见长城下，死人骸骨相撑拄。
> 结发行事君，慊慊心意关。
> 明知边地苦，贱妾何能久自全。

近似曹操的《蒿里行》。“饮马长城窟，水寒伤马骨”，极真切、感人。读后，宛然自己就是那匹老马。

骆宾王，初唐四杰之一。其诗《咏鹅》，作于七岁。中国人七岁时皆诵读此诗。“鹅，鹅，鹅，曲项向天歌。白毛浮绿水，红掌拨清波。”

家禽中，数鹅的嗓门大、最凶猛。

骆宾王就是一只激昂的鹅。本应待在水中“曲项向天歌”，不该上岸啄人。徐敬业兵败，骆宾王不知所终。

徐敬业“反武集团”的成员不过是一些失势权贵、落魄文人，成不了大事。

杜诗《戏为六绝句》(之二)：

王杨卢骆当时体，轻薄为文哂未休。
尔曹身与名俱灭，不废江河万古流。

那些讥笑四杰的人，早已身名俱灭，但王杨卢骆仍如大江大河，奔流不息。

骂人不带脏字，诗人、艺术家独具的才能。

《左传》成公十四年：“《春秋》之称，微而显，志而晦，婉而成章，尽而不污，惩恶而劝善，非贤人谁能修之？”

与杜甫相比，陈琳、骆宾王的艺术成就当然差得远。

杜甫骂人，有褒有贬。他骂人从不提名字，否则，岂不是也被历史记住了？

鲁迅骂人太具体，不好——便宜了被骂的人。

兄弟

曹操、孙权、刘备三人，都倚靠兄弟起家。

公元189年，曹操在陈留起义兵，讨伐董卓。最初投靠他的主要是自家兄弟（从弟、族弟），曹洪、曹仁、夏侯惇、夏侯渊——曹操的父亲曹嵩未必过继自夏侯氏，但曹、夏侯两家的渊源必极深。

《三国演义》第6回，荥阳兵败，曹洪舍命献马，曰："天下可无洪，不可无公。"曹操曰："吾若再生，汝之力也。"

有此兄弟，曹操欣慰。

孙策遇刺早死，儿子尚幼，遂传位于兄弟孙权。孙权时年十八岁。《三国演义》第29回，孙策临死前嘱咐诸弟："吾死之后，汝等并辅仲谋。宗族中敢有生异心者，众共诛之；骨肉为逆，不得入祖坟安葬。"诸弟哭泣着受命。

兄弟齐心，其利断金。孙氏三代苦心经营，终成江东基业。

曹操之父曹嵩曾位列三公，孙权承继父兄之业，三人中，数刘备的政治基础最差。因刘备自幼就成了孤儿，家境贫寒，以贩屦织席为业。他虽自称"中山靖王刘胜之后"，但这未必可靠，"皇叔"也只是一个幌子。刘备没有什么可依托的力量，出道之初，惶惶如丧家之犬，只能到处投靠。由是，也就凸显出关羽、张飞这样的结拜兄弟的特殊意义。

桃园三结义，千古传诵。

《三国演义》第15回，小沛失守，刘备的妻子被曹军俘虏。张飞欲拔剑自刎谢罪，玄德向前抱住，夺剑掷地曰：“古人云：‘兄弟如手足，妻子如衣服。衣服破，尚可缝；手足断，安可续？’吾三人桃园结义，不求同生，但愿同死……贤弟一时之误，何至遽欲捐生耶！”说罢大哭。关、张俱感泣。

或曰刘备作伪，过度表演。政治岂有不表演的？曹操也表演，不得不表演。“割发代首”，难道要曹操真的自刎吗？

张飞未必真的想自刎，但要摆出自刎之态，而刘备呢，须及时拦下。戏，一个人演不来。

政治，有时形式就是内容，仪式感不可或缺。

刘备是政治家，之于他，兄弟比妻子重要。妻子死了可以再娶，而张飞这样的虎将死了却不再有。千军易得，一将难求。何况，当时他正处于起步阶段。

《三国演义》第42回，阿斗被赵子龙单骑救出，玄德双手接过，却掷之于地曰：“为汝这孺子，几损我一员大将！”赵云忙向地下抱起阿斗，泣拜曰：“云虽肝脑涂地，不能报也！”

刘备既是发自肺腑的慨叹，亦是笼络赵云的表演。

结拜兄弟，因无血缘关系，更突显了“义”的价值。由是，关羽成了“义”的象征。

无涉利害的兄弟关系，堪称纯粹。

最令人感动的一对兄弟是鲁智深和林冲（结拜兄弟），准确说，是鲁智深对林冲的情谊。

鲁智深大闹野猪林，并把林冲一直护送到安全地带。“兄弟，洒家甚是惦记！”简单一句话，情真意切，堪称宋代“好基友”。

鲁智深不仅救兄弟，还“拳打镇关西”、救弱女，真是菩萨心肠，做到了“四海之内皆兄弟”。

“四海之内皆兄弟”，语出《论语·颜渊》。赛珍珠（Pearl S.Buck，1892—1973）译《水浒传》为英文，用之作书名。

大家来自五湖四海，为了一个共同的目标，走到一起来了。

闹革命，不是鲁智深的初衷。上梁山，实属被逼无奈。

《水浒传》第4回，众僧只当鲁智深是个四处胡闹的酒肉和尚，智真长老却道：“虽是如今眼下有些啰唣，后来却成得正果。”众僧冷笑道：“好个没分晓的长老！”

智真长老是明眼人，看出鲁智深有佛性。没分晓的，不是长老，而是众僧所代表的芸芸众生。

我的兄弟不叫顺溜，叫鲁智深。

鹦鹉

祢衡（173—198），少有才辩，生性高傲。祢衡不以时人为然，独与孔融、杨修亲善。他常说："大儿孔文举，小儿杨德祖。除此二人，别无人物。"孔融并不怪罪，还向朝廷隆重推荐他。曹操召对，祢衡仰天叹曰："天地虽阔，何无一人也！"（《三国演义》第23回）曹操甚不以为然。

祢衡数次辱骂曹操，曹操心中气愤，但不愿杀之而担恶名，就把他送至刘表处。刘表最初赏识他，后来实在无法忍受他的"侮慢"，又送至黄祖处。刚开始，黄祖亦对他赞叹有加。一次，黄祖的长子大宴宾客，有人敬献鹦鹉。祢衡作了一篇《鹦鹉赋》，辞采华丽，众人钦服。后来，祢衡出言不逊。黄祖大怒，杀之。

祢衡之死，是一个悲剧，被自己的"才名"害死。

祢衡是门吏眼中的"狂生"、曹操眼中的"竖子"。

曹操容忍他，刘表容忍他，不代表所有人都能忍他。如果说黄祖粗蛮、才短，祢衡则是才高识寡。才高源于天赋，识寡因为年轻。

苏轼对贾谊有过类似的评价："才有余而识不足。"

辞赋上有天才，政治上没有天才。少年人写作，多文字华丽，无实际内容。

诗歌，不是华丽字句的堆砌。绘画，不等于色彩的绚烂。

祢衡是“名士”。

在古代，名士是个麻烦。用之无甚可用，杀之遭人诟病。诸葛亮少年老成，并非所谓的“名士”。

在现代，公知是个麻烦。公知以揭露社会伤疤为能事，却提不出任何有建设性的意见。动辄义愤填膺，好像就他一人心里装着天下苍生。

鲁迅不是“公知”。

以名士、公知自居，是一种病态人格。

郑燮：“近日写字作画，满街都是名士，岂不令诸葛怀羞，高人齿冷？”板桥先生看重的是名臣贤相，做实事的人。

熊十力《致徐复观信札》：“名士亡国灭种。名士学能求真、行能求实，未之有也。”

乱世呼唤枭雄、革命家。盛世，可容公知。

李白诗《望鹦鹉洲怀祢衡》：

> 魏帝营八极，蚁观一祢衡。黄祖斗筲人，杀之受恶名。
> 吴江赋鹦鹉，落笔超群英。锵锵振金玉，句句欲飞鸣。
> 鸷鹗啄孤凤，千春伤我情。五岳起方寸，隐然讵可平？
> 才高竟何施，寡识冒天刑。至今芳洲上，兰蕙不忍生。

鹦鹉洲因祢衡的《鹦鹉赋》得名。祢衡死后五百年，李白临江，既痛之，又悲之。

痛之：“魏帝营八极，蚁观一祢衡。”曹操有经营天下之志，而祢衡的眼界却像蝼蚁一样狭小。

悲之：“鸷鹗啄孤凤，千春伤我情。”在众宾客之中，祢衡可谓一只“孤凤”呵。

祢衡《鹦鹉赋》：“嗟禄命之衰薄，奚遭时之险巇？岂言语以阶乱，将不密以致危？”

李白《鹦鹉洲》：“迁客此时徒极目，长洲孤月向谁明。”

两个悲苦的人。

乌尔比诺医生“给家里养的鹦鹉上法语课和声乐课，这只鹦鹉从很多年前起就是当地的一道风景”（马尔克斯《霍乱时期的爱情》）。

不会唱歌的鹦鹉不是真正的艺术家。

鸡肋

《三国演义》第72回，曹操进兵失利，犹豫不决之际，适值庖官送鸡汤进来，曹操见碗中有鸡肋，有感于怀，夏侯惇入帐，禀请夜间口号。操随口曰："鸡肋！鸡肋！"行军主簿杨修，见传"鸡肋"二字，便教随行军士收拾行装，准备归程。众人不解，惊问缘由。修曰："鸡肋者，食之无肉，弃之有味。今进不能胜，退恐人笑，在此无益，不如早归：来日魏王必班师矣。"曹操得知，怒曰："汝怎敢造言，乱我军心！"喝令刀斧手推出斩之，将首级悬于辕门外。原来杨修为人恃才放旷，数犯曹操之忌，曹操早欲杀之。后人有诗曰：

聪明杨德祖，世代继簪缨。
笔下龙蛇走，胸中锦绣成。
开谈惊四座，捷对冠群英。
身死因才误，非关欲退兵。

"身死因才误"，杨修有才吗？有才。曹植引杨修为知音，赞誉其"高视于上京"。

“聪明杨德祖”，杨修聪明吗？聪明。

曹操在门上书“活”字（“门”内添“活”乃“阔”字），杨修猜度出曹操嫌门太窄，希望扩门的意思。

杨修将“一合酥”释为“一人一口酥”，与众人分食之。

这样一个有才、聪明的人，应被重用才对，缘何被杀？

杨修和祢衡、孔融其实是一类人，名士也。同样的恃才傲物，同样的狂荡不羁。杨修和孔融可谓“中年版的祢衡”。杨修死时四十四岁，并非《三国演义》所言的三十四岁。

曹操的文才和政治能力雄傲天下，不存在“嫉贤妒能”的问题。只有弱者才会嫉妒或忌惮强者。曹操南征北战，手下谋士如云，比杨修有才华的多了去，也没见几个被曹操随便寻个理由杀掉的。

杨修只是小聪明。他既无自知之明，又克服不了性格上的缺陷。聪明反被聪明误，反误了卿卿性命。

杨修是大愚若智。愚者如众将士，唯命是从，而杨修却对上意妄加猜度。曹操杀他的理由——“汝怎敢造言，乱我军心”，其实挺有道理。若众将士唯杨修马首是瞻，则最高统帅曹操的权威何在？杨修缺乏大局观。

“世代继簪缨”，可部分解释杨修之死。簪缨世族，指世代做官的家族。杨家是当时的名门望族（与袁家类似，杨修是袁绍的外甥），四世三公。其父杨彪和祖父杨赐都官至太尉。杨家在朝颇具威望和号召力，这才是让曹操真正忌惮的。曹操杀杨修，是杀小猴给老猴看，而杀孔融，是给冥顽的正统士大夫看。

杨修还参与曹丕、曹植夺嫡之争，犯了大忌。

曹丕的智囊是司马懿、陈群、吴质，曹植则倚重杨修、丁仪兄弟。由这个名单可见，夺嫡之争曹植必败。

杨修死后，曹操赏赐大量财物给他的父亲杨彪作为补偿。

一次，曹操偶遇杨彪，问："公何瘦之甚？"杨彪道："愧无日磾(金日磾)先见之明，犹怀老牛舐犊之爱。"

意思是说，他没有像金日磾（前134—前86年。汉武帝托孤的两大臣之一）那样，果断杀掉胡作非为的儿子。而作为一个父亲，舐犊之爱又基于天然的本性。

杨修谈不上胡作非为，不过是政治斗争的牺牲品。

杨修这样的人，就是一块"鸡肋"，食之无肉，弃之可惜。

马谡

京剧剧目有《失街亭》《空城计》《斩马谡》三出，合称为“失空斩”，深受国人喜爱。

孔明挥泪斩马谡，实不得已而为之。中国人的情理法，在此产生激烈冲突。

军纪、军心更重要。孔明厉行依法治国、依法治军。此为大战略，不能违背。

但蜀国人才匮缺，杀一个少一个。而且，马谡算得上诸葛亮的“知己”，“每引见谈论，自昼达夜”。想来，马谡当是极有见识。

刘备死前曾告诫诸葛亮：“马谡言过其实，不可大用，君其察之！”

相比于诸葛亮，刘备更具识人之能。

“言过其实”：大话秀才，纸上谈兵也。马谡是蜀国的“赵括”。长平兵败，赵国元气大伤。失街亭，对蜀国尚非致命。

“不可大用”，意思是，虽不能独当一面，但并非不可用。诸葛亮征讨南中，马谡定攻心计，就很成功。

饱读兵书、熟谙战法的人，只宜担任谋士，不可授以决断之权。曹操就不让郭嘉带兵打仗。孔明悔之晚矣。

马谡，书生也。黄仲则诗：百无一用是书生。

李宝嘉《官场现形记》第31回："新近有个大挑知县上了一个条陈，其中有些话都是窒碍难行，毕竟书生之见，全是纸上谈兵。"

这还只是地方、基层。权力中枢的书生意气、清流当政才叫可怕。

翁同龢（1830—1904），清末南派清流之首，以道德文章立世，与洋务派领袖李鸿章有隙，他索性拿北洋水师出气。甲午战争爆发前三年，刘步蟾已发现北洋水师战力不如日本，遂向李鸿章疾呼添船换炮。主管户部的翁同龢对此置若罔闻，停拨海军经费两年。他对甲午战败负有不可推卸的责任。

张之洞，初为清流，后认识到一己之不足，蜕变为实干重臣。先后任山西巡抚、湖广总督、两江总督，创办汉阳铁厂、自强学堂（今武汉大学前身）、三江师范学堂（今南京大学前身）。他的《劝学篇》写得极好，比福泽谕吉的《劝学篇》还要好。

空谈误国，实干兴邦，喊破嗓子不如甩开膀子。

空城

《三国演义》第95回，司马懿十五万精兵来攻，诸葛亮身边只有两千五百军府卒。硬守不成，于是摆“空城计”。孔明凭栏而坐，焚香操琴。司马懿怀疑有埋伏，退兵。

“诸葛亮摆空城计”是著名的桥段，却纯属虚构。街亭之役，魏方主帅是张郃，并非司马懿。其时司马懿在千里之外的洛阳。

故事是假的，计谋是真的。

三国时，使用过类似“空城计”的典故有很多。初平元年（190年）冬，占据鲁阳（今河南鲁山县）的孙坚打算进军讨伐董卓。在东门外设帐饮酒，给催促军粮的公仇称送行。此时，董卓部下的轻骑兵先到。孙坚让大家不得妄动，谈笑自若。敌人的骑兵越来越多，孙坚这才起身离席，引众将士从容入城。董卓的军队看孙坚“士众甚整，不敢攻城”。(《三国志·孙坚传》)

赵云曾使用过“空营计”。建安二十四年(219年)，曹刘两军之间爆发“汉水之战”。赵云仅率领几十个轻骑兵，却遭遇曹操的大部队。赵云且战且退，最后退至营垒。部下主张闭门拒守，赵云却大开营门，偃旗息鼓。曹军疑有伏兵，退去。赵云令士兵擂鼓呐喊，从背后射杀曹军。曹军惊骇，自相践踏，死伤众多。

(《三国志 · 赵云传》)

文聘也用过“空城计”。魏黄初七年（226年），孙权亲率数万大军，围困文聘于石阳（今武汉市黄陂西）。当时下了大雨，城栅多已崩坏，根本无法拒守。文聘命令城中的人都躲起来，自己也躺在府中不起。孙权生疑，对部下说：“北方以此人忠臣也，故委之以此郡，今我至而不动，此不有密图，必当有外救。”不敢攻，退去。(《三国志 · 文聘传》)

“空城计”，侥幸的成分太大，可用于一时，瞒不住智者。诸葛亮知之，曰：“司马懿必将复来，走为上计。”

“空城计”被后人列为三十六计之一。心法：虚者虚之，疑中生疑；刚柔之际，奇而复奇；有则示其无，无则示其有。

诸葛亮运筹帷幄，但改变不了蜀汉日渐衰落的现实。中国人熟读《孙子兵法》，仍抵不住“洋夷”的船坚炮利。近代中国，一败再败。

蒋介石的抗日战略：边打边退，“以空间换时间”。

三十六计，走为上计——终究没出息。发展，才是硬道理。

建国初期，中国人民勒紧裤腰带，发展重工业，制造核武器。因为，一颗卫星上天，一次洲际导弹试射，胜过三百六十计。

“一切反动派，都是纸老虎。”说这话需要底气。钱学森说：“手里没剑”和“有剑不用”（剑：指核弹），这是有区别的。

“永别了，武器”，只是痴人妄语。

反骨

《三国演义》第53回，关羽攻长沙，魏延杀韩玄，献城投降。关羽引魏延来见刘备，诸葛亮却喝令刀斧手推下斩之。玄德惊曰：“魏延乃有功无罪之人，军师何故欲杀之？”孔明曰：“食其禄而杀其主，是不忠也；居其土而献其地，是不义也。吾观魏延脑后有反骨，久后必反，故先斩之，以绝祸根。”玄德曰：“若斩此人，恐降者人人自危。望军师恕之。”孔明指魏延曰：“吾今饶汝性命。汝可尽忠报主，勿生异心；若生异心，我好歹取汝首级。”魏延诺诺连声而退。

若魏延该杀，则暗通刘备、背叛其主（刘璋）的张松，又算什么呢？魏延不过献一城，张松却要将整个益州之地献给刘备。但诸葛亮坚信魏延必反，他直到死前，授杨仪、马岱“锦囊计”，终于斩杀魏延（《三国演义》第105回）。

若杀主、叛主即为“生反骨”，则生反骨者多矣，连刘备也洗脱不了嫌疑。

刘邦、项羽、朱元璋，哪一个不是生就“反骨”？

曹丕逼汉献帝禅让，不也是“生反骨”？

大英雄、大政治家，岂甘长期屈居人下。

艺术上，越是大天才，越叛逆得厉害。但丁，莎士比亚，各领风骚数百年。

芥川龙之介说："我同情艺术上的一切反抗精神。"

拜伦塑造的皆是"叛逆英雄"。诗剧《该隐》，直接向上帝宣战。

波德莱尔的组诗《叛逆》，公开为该隐、撒旦申辩——

无论在你统治的天堂
还是在你沉沦的地狱
撒旦啊，我赞美你，光荣属于你！
但愿有朝一日，我的灵魂
依偎着你，栖息在智慧树下
犹如它繁茂的枝叶笼罩着新的庙宇

政治上，是敌是友，是降是叛，皆以时势为转移。投降，或许只是策略和权宜之计。关羽就投降过曹操。

而曹魏名将、"五子良将"之一的于禁，在襄樊战败后投降了关羽，但曹操没有杀其家人。

张绣更是降而复叛，叛而又降，还杀了曹操长子、侄子。曹操并没怪罪他。

很多时候是，良禽择木而栖，贤臣择主而事。

相比于昏聩的韩玄、暗弱的刘璋，刘备、曹操确实是明主，魏延和张松并没有做错。

说魏延"久后必反"，纯属"诬蔑"。

据《三国志·魏延传》，刘备进位汉中王，提拔魏延为镇远将军，担任汉中太守（汉中为战略要地），而非大家以为的张飞，“一军皆惊”。可见刘备识人，魏延忠勇。

据《三国志·杨仪传》，“亮深惜仪之才干，凭魏延之骁勇，常恨二人之不平，不忍有所偏废也”。

诸葛亮视杨仪、魏延为左膀右臂（一文一武）。只是两人不和，令诸葛亮头疼。不和的原因：魏延“性矜高”，杨仪“性狷狭”，两人性格有冲突。

诸葛亮死后，两人果然争权，竞相诬蔑对方谋逆。最后杨仪胜出（杨仪后来的下场也很惨，被逼自杀）。所谓“锦囊计”，只是小说家之言。

单骑

《三国志·关羽传》:“及羽杀颜良，曹公知其必去，重加赏赐。羽尽封其所赐，拜书告辞，而奔先主于袁军。左右欲追之，曹公曰：‘彼各为其主，勿追也。’”

于是有了“千里走单骑”的故事。“单骑”为真，“千里”大可质疑。

至于“过五关斩六将”，纯属虚构。曹操打算成全云长之志，并未派兵加以阻拦。

罗贯中在《三国演义》中设计的闯关路线，很成问题。

关羽从许都（许昌）出发，目的地是黄河之北的阳武（袁军驻地，今河南原阳县）。两地直线距离约130公里，如果坐高铁，最多耗时三十分钟。即使放到古代，也谈不上很远。说“千里走单骑”，有点夸张。此前，关羽赴前线去杀颜良，也就一眨眼的工夫，怎么现在寻兄倒要走上“千里”呢。

关羽理想的“寻兄”路线是一直向北，但小说的设计是：

许昌—东岭关（杀孔秀）—洛阳（杀韩福、孟坦）—汜水关（杀卞喜）—荥阳（杀王植）—黄河渡口（杀秦琪）—阳武。即：先朝西北进发，抵达洛阳（距离约170公里），然后折向东，抵达郑州附近（距离约140公里），再转向北，渡黄河，抵达目的地原阳（约50公里）。

绕了一大圈。这样一折腾，真的近乎“千里”！

不是关公“路痴”，而是罗贯中写小说时忘了瞄一眼地图。

《三国演义》中的地理知识错误不止一处。今天的年轻人写小说，也常犯知识性错误。小说的故事情节可以虚构，但若太离谱、荒诞，就成了笑话。

《水浒传》也存在不少的地理错误。一例。射死晁盖的元凶史文恭落入卢俊义之手，按说应由卢俊义接任山寨之主，但“众人不服”。宋江也非真心让贤。于是，宋江和卢俊义便以战赌胜负。

> 目今山寨钱粮缺少，梁山泊东有两个州府，却有钱粮：一处是东平府，一处是东昌府。我们自来不曾搅扰他那里百姓，今去问他借粮，公然不肯。可写下两个阄儿，我和卢员外各拈一处。如先打破城子的，便做梁山泊主，如何？（《水浒传》第69回）

东平府即现在的山东东平县，的确在梁山之东，但东昌府（今山东聊城）却在梁山之北。

不必钻牛角尖。我们应挖掘“千里走单骑”的艺术魅力和思想意义。

千里走单骑，行在路上的关公一定很孤独吧，否则，怎会夜读《春秋》呢？

更早一些时候，曹操逃避董卓手下追杀的时候，行于荒野，想来也甚孤独。曹公不读《春秋》，他写诗。曹公一生戎马倥偬，不知多少诗文来不及写下，胎死腹中。

1815年2月26日，拿破仑逃出厄尔巴岛，五天后抵达法国，建立“百日王朝”。拿破仑路上带的书是《少年维特之烦恼》，他喜欢读歌德的小说。尼采说，拿破仑和歌德在1808年的会见，是19世纪的重大事件之一。

伟大的人物、作品往往成就于孤独之际，是一个人“进入黑夜的漫长旅程”（尤金·奥尼尔有同名剧本）。

路曼曼其修远兮，吾将上下而求索。

Es muss sein!（德语，意谓“非如此不可”！出自贝多芬的最后一个四重奏。昆德拉《不能承受的生命之轻》曾加以引用。）

没有回头路。

忘不了屈原、拿破仑和贝多芬的炯炯眼神。

穷途

阮籍（210—263），《三国志》评其“才藻艳逸”“倜傥放荡”。他不仅是“竹林七贤”之一，还是“正始之音”的代表。

当时，司马父子掌握朝政，拥护曹家的何晏（？—249，著有《论语集解》）因“高平陵事变”被夷三族，同为“竹林七贤”的嵇康也被杀，士人普遍出现危机感、幻灭感。他们很少议论时政，崇尚玄学清谈，多发“忧生之嗟”。

阮籍不愿与拉拢他的司马昭结亲，为避祸，只好每日酩酊大醉，不省人事。他的《咏怀诗》（共八十二首），所咏之怀，隐晦至极。

鲁迅说：“阮籍作文章和诗都很好，他的诗文虽然也慷慨激昂，但许多意思都是隐而不显的。宋的颜延之已经说不大能懂，我们自然更很难看得懂他的诗了。”

阮籍《咏怀》（之四十五）：

幽兰不可佩，朱草为谁荣。
修竹隐山阴，射干临增城。
葛藟延幽谷，绵绵瓜瓞生。

乐极消灵神，哀深伤人情。

竟知忧无益，岂若归太清。

此诗具体所指，恐怕只有阮籍自己才清楚。“哀深伤人情”，想来内心之悲之哀是极深的。

一次，他率意独驾，不由路径，车迹所穷，辄恸哭而返。

颜延之《阮步兵》：“长啸若怀人，越礼自惊众。物故不可论，途穷能无恸。”

庾信《拟咏怀》（之四）：“雪泣悲去鲁，凄然忆相韩。唯彼穷途恸，知余行路难。”

年轻时，我亦曾信步徜徉，穷途而返，却没有哭。大概因为人生经验太浅，谈不上什么悲恸。而今人近中年，才对“穷途之哭”有了些许感悟。

阮籍的“越礼”，性格使然，并非故作惊人之举。

诗人率性。

诗人哀恸。耶稣《登山宝训》：“哀恸的人有福了，因为他们必得安慰。”

李太白叹蜀道难，难于上青天。夜郎之路，更是艰险。杜诗《梦李白》（之一）：“恐非平生魂，路远不可测。”

而今，贵州、四川都通了高速铁路、高速公路；而今，有了运载火箭，上青天也非什么难事。

西狩获麟。孔子曰：“吾道穷矣。”

孔丘惶惶如丧家之犬，却从不绝望。他把长沮、桀溺、接舆等人的讥讽远远抛在身后，知其不可为而为之。

王勃承继孔子精神，不大认同“穷途之哭”。他在《滕王阁序》中写道：“阮籍猖狂，岂效穷途之哭”，“穷且益坚，不坠青云之志”。可年轻的他，却身遭不幸，溺水而死。千百年后，我也只能站在北部湾的海滩上，为他垂几滴苦涩的泪。

苏轼《寒食雨》（其二）：“君门深九重，坟墓在万里。也拟哭途穷，死灰吹不起。”坟墓岂在万里之外——就在路穷处。

艺术广大已极，足可占有一个人又一个人。

良医

华佗（？—208），字元化，沛国谯人。良医，神医。“华佗再世”“元化重生”已成神医代名词。和曹操是同乡，曾为曹操治病，却被曹操杀掉。《三国志·华佗传》：

> （太祖）得病笃重，使佗专视。佗曰：“此近难济，恒事攻治，可延岁月。”佗久远家思归，因曰：“当得家书，方欲暂还耳。”到家，辞以妻病，数乞期不反。太祖累书呼，又敕郡县发遣。佗恃能厌食事，犹不上道。太祖大怒……于是传付许狱，考验首服。荀彧请曰：“佗术实工，人命所悬，宜含宥之。”太祖曰：“不忧，天下当无此鼠辈耶？”遂考竟佗……佗死后，太祖头风未除。太祖曰：“佗能愈此。小人养吾病，欲以自重，然吾不杀此子，亦终当不为我断此根原耳。”及后爱子仓舒病困，太祖叹曰：“吾悔杀华佗，令此儿彊死也。”

华佗本来以士自命——“本作士人，以医为业，意常自悔”，仕途上不得志，只好靠医术养家糊口。

曹孟德也是“士”，而且是“大士”“国士”。“士道”和“医道”，一脉相通。古人的说法——

贾谊：古之圣人，不居朝廷，必在卜医之中。

范仲淹：不为良相，便为良医。

李时珍：（本草）虽曰医家药品，其考释性理，实吾儒格物之学。

王符：上医医国，其次下医医疾。

上医，不只在于施药救人，更应重建社会秩序，挽救世道人心。孙中山弃医从政，鲁迅弃医从文，都源自士之精神担当。

曹操、华佗二人互有误解。孟德当知华佗为神医，而非鼠辈。华佗当视孟德为英雄，岂可“恃能厌食事”。

曹操认为华佗“养病自重”，有阴谋论之嫌。华佗拥有一颗追求自由的灵魂，但不免存在狂傲的臭毛病。

王元化先生（1920—2008）是良医。

王元化先生提倡“有学术的思想，有思想的学术”（1994年），就是想对治日益专门化、学院化的学术之弊。二十多年过去了，“病情”却愈发严重。

不限于中国大学。哈佛剑桥、北大清华，五十步六十步之别。

晚年的王元化先生对21世纪文明的物质化、庸俗化与异化感到“深深的忧虑和悲观”。

但世道如此，谁之过？

“现代性”之必然。

文明诞生以来，这世界何尝好过？一切乐观都是暂时的、阶段性的，一切浅薄的乐观主义都是不可救药的。

嵇康、鲁迅，也是良医。嵇康“非汤武而薄周孔”，鲁迅“一个都不宽恕”，都是对鄙俗的决绝反抗。

老子曰：“圣人不死，大盗不止。”

圣人死了，大盗亦不止。

燕赵

《三国演义》第30回，袁绍兵败，沮授为曹军所获。沮授见到曹操，大呼：“授不降也！”

沮授盗取营中马，欲归袁氏。曹操大怒，杀之。沮授至死神色不变。

曹操叹曰：“吾误杀忠义之士也！”命厚葬之，题其墓曰“忠烈沮君之墓”。

《三国演义》第31回，袁绍兵败而归，狱吏恭贺田丰将获释出狱。田丰苦笑曰：“吾今死矣！”

袁绍外宽内忌，羞见田丰，果然命人来杀田丰。狱吏皆流泪。

田丰曰：“大丈夫生于天地间，不识其主而事之，是无智也！今日受死，夫何足惜！”遂自刎于狱中。

《三国演义》第32回，曹操问审配：“今肯降吾否？”

审配曰：“不降！不降！……吾生为袁氏臣，死为袁氏鬼……可速斩我！”曹操命人将他牵出。

临受刑，叱行刑者曰：“吾主在北，不可使我面南而死！”乃向北跪，引颈就刃。

《三国演义》第33回，曹操下令将袁谭首级号令，敢有哭者斩。头挂北门外，王修哭于头下。

操曰："汝不怕死耶？"修曰："我生受其辟命，亡而不哭，非义也。畏死忘义，何以立世乎！若得收葬谭尸，受戮无恨。"操曰："河北义士，何其如此之多也！"

燕赵多慷慨悲歌之士，我每次读《三国演义》都感叹不已。

先秦，有荆轲、高渐离、豫让等赫赫有名的刺客。《史记·刺客列传》共为五人作传，荆轲、豫让居其二。

高渐离击筑，荆轲和而歌："风萧萧兮易水寒，壮士一去兮不复还！"

刺客聂隐娘，也是河北人。唐德宗贞元年间魏博大将聂锋之女。

一次，她奉命刺杀刘昌裔（陈许节度使），却为对方气度折服，转而投靠，后又化解精精儿、空空儿的两次行刺，成为名噪一时的女侠。

唐代传奇《聂隐娘》，是中国第一篇真正的武侠小说。

"狼牙山五壮士"，都是河北人。狼牙山，在今河北易县。1941年8月，日军对晋察冀边区开始大扫荡。"五壮士"打光子弹后，毁掉枪支，纵身跳下悬崖。

英雄余韵，至今犹存。

何以燕赵多义士？

《隋书·地理志》云，冀（州）、幽（州）之士，"俗重气侠，好结朋党，其相赴死生，亦出于仁义……悲歌慷慨……自古言勇侠者，皆推幽、并云"。

一方水土养一方人，地理环境塑造人的性格。

在德国人文地理学家拉采尔看来，不是其他因素，而是地理环境野蛮地、盲目地支配着人类的命运。

亚里士多德和孟德斯鸠也是地理环境决定论者。

伟大的思想，多是一种深刻的片面。凡“主义”，都是用单一视角解释一切。

可是，撬动地球的唯一支点并不存在。燕赵地区，也出汉奸卖国贼的。

但我仍为燕赵义士唏嘘不已。

“残酒忆荆高，燕赵悲歌事未消。忆昨车声寒易水，今朝，慷慨还过豫让桥。”（陈维崧《南乡子·邢州道上作》）

求田

辛弃疾词“求田问舍，怕应羞见，刘郎才气”（《水龙吟·登建康赏心亭》），张元干词“元龙湖海豪气，百尺卧高楼”（《水调歌头·追和》），引的都是三国陈登的典故。

陈登，为人忠亮高爽，少有扶世济民之志。先后任东阳县令、广陵太守，深受百姓爱戴。他曾支持刘备，围困吕布，大破孙氏，可谓屡建奇功。据《三国志·陈登传》记载，一次，许汜、刘备与刘表纵论天下人。

> 汜曰：“陈元龙（即陈登）湖海之士，豪气不除。”……备问汜：“君言豪，宁有事邪？”汜曰：“昔遭乱过下邳，见元龙。元龙无客主之意，久不相与语，自上大床卧，使客卧下床。”备曰：“君有国士之名，今天下大乱，帝主失所，望君忧国忘家，有救世之意，而君求田问舍，言无可采，是元龙所讳也，何缘当与君语？如小人，欲卧百尺楼上，卧君于地，何但上下床之间邪？”表大笑。备因言曰：“若元龙文武胆志，当求之于古耳，造次难得比也。”

刘备的意思是说，像陈登这样文武双全的俊才，当世罕见，怕只有从古人中寻找了。

用词或稍夸张，但可见陈登之胆之志。他瞧不起“求田问舍”的许汜，亦在意料之中。许汜愧对国士之名，豪爽如陈登有意怠慢他，非无缘由。

陈登欣赏谁?

——刘玄德。他曾对陈矫曰：“雄姿杰出，有王霸之略，吾敬刘玄德。”

——曹孟德。他曾亲赴许都，向曹操面陈破吕布之计。担任广陵太守后，他屡败孙氏，向曹操献收服江东之策，可惜三十九岁病死。他死后，曹操临江而叹，恨不能早用陈登之策，致使孙氏在江南壮大。

元好问《刘氏明远庵》（之一）曰：“豪气元龙百尺楼，功名场上早抽头。”

可熙熙攘攘的功名场上，谁愿抽身而退呢?

明世宗时期，严嵩父子把持朝政，卖官鬻爵。严世蕃甚至狂笑曰：“朝廷无我富！”《明史·奸臣传·严世蕃》记：“遂斩（严世蕃）于市。籍其家，黄金可三万余两，白银二百万余两，他珍宝服玩所直（值）又数百万。”

生不带来死不带走的，何必贪如此之多?

徐阶扳倒严氏父子后，继任首辅。可致仕后晚节不保，其子弟横行乡里，徐家占地二十多万亩。徐阶贿赂给事中戴凤翔三万金，成功弹劾海瑞，才得以自保。

时人讽刺：“家居之罢相，能逐朝廷之风宪”，“权奸也”。

有人说，吴承恩《西游记》折射的就是明王朝的权力斗争、暗黑政治。

这把《西游记》的视界缩小了。吴承恩是借美猴王之眼观察政治、社会和人性：

> （猴王）在市廛中，学人礼，学人话。朝餐夜宿，一心里访问佛仙神圣之道，觅个长生不老之方。见世人都是为名为利之徒，更无一个为身命者。正是那：
>
> 争名夺利几时休？早起迟眠不自由！
> 骑着驴骡思骏马，官居宰相望王侯。
> 只愁衣食耽劳碌，何怕阎君就取勾？
> 继子荫孙图富贵，更无一个肯回头！
>
> （《西游记》第1回）

海瑞一生，清廉、窘困，无子。死后，丧事由王用汲凑钱办理。死讯传出，南京百姓罢市。送者夹岸，酹而哭者百里不绝。

可海瑞只有一个，不可复制。"求田问舍"，更契合人性。

史上倒有人借"求田"自毁其名。秦将王翦率六十万大军征楚，近乎举国之兵。为了让猜忌心重的秦王放心，王翦数次"请田"，请秦王赐良田美宅。副将蒙恬实在忍不住，嘲笑老将军志短，竟主动索要财物。王翦解释一番，蒙恬才恍然大悟。

正是这种"志短"让秦王大放其心。

萧何亦曾采取类似策略。作为百官之首，萧何民望甚高。一门客劝诫道，您的民望越来越高，领兵在外打仗的皇上怎么能放心呢？皇上多次派人询问您的情况，就是怕您在关中的势力太大了。“今君胡不多买田地，贱贳贷以自污？上心必安。”

萧何听其劝，刘邦果然大悦。得善终。

目前的社会主义土地公有制，“耕者有其田”，排除了“求田”（和土地兼并）的可能性，可谓革命性变迁。

私门

孟浩然生当盛唐，然仕途不顺。他一生佳作甚多，如《春晓》《宿建德江》《过故人庄》等。但我最欣赏他的《与诸子登岘山》，旷达而苍凉：

人事有代谢，往来成古今。
江山留胜迹，我辈复登临。
水落鱼梁浅，天寒梦泽深。
羊公碑尚在，读罢泪沾襟。

岘山，在今襄阳。山上有羊公碑，又称“堕泪碑”，是当地百姓为纪念羊祜而建。

羊祜（221—278），魏晋时期名臣，德操清美，曾长期坐镇襄阳，都督荆州诸军事；屯田兴学，深得军民之心。其对手，吴国后期的名将陆抗（陆逊次子），赞誉他的德行度量：“虽乐毅、诸葛孔明不能过也。”

羊祜见贤思齐，以诸葛孔明、陈元龙为楷模。羊祜的女婿，曾劝说岳父大人购田置产。羊祜当时没有答话，事后告诫子女：

作为人臣，经营私业就是违背公德。

有太多的人，是见不贤思齐。

羊祜为朝廷举荐人，却“自焚奏稿”。司马炎问他为何不让人知道，他回答说：“拜官公朝，谢恩私门，臣所不取也。”

“公道达而私门塞矣，公义明而私事息矣。”（《荀子·君道》）

可是，在历史上，太多的权臣以私门成党，进而营私。唐代，有牛（僧孺）、李（宗闵）党争。清朝，有索额图、纳兰明珠党争。

夫子曰，君子“群而不党”。

群，合群之意。有组织、有纪律、有战斗力之群体。

政党是现代概念。儒，有君子儒，有小人儒。政党，有君子党，有小人党。执政党必须是君子党，即保持革命性、先进性的执政集团。

必须保持整体、宏观、战略上的“纯洁”。

防微杜渐是必要的——防什么微，杜什么渐，怎么防，如何杜，最考验政治智慧。

艺术家，不必入政治的污泥。陶渊明最自觉，杜子美最苦，孟浩然、李太白，幸在仕途不顺。

不群、不党、不主义，是艺术家应具的品格。

告别一切“朋友圈”，是诗人走向新生的第一步。

古典派，浪漫派，现实主义，表现主义，未来主义，达达主义，极简主义……各种艺术流派令人眼花缭乱。

莎士比亚、陀思妥耶夫斯基，属于什么派、什么主义？

法国作家纪德说，要急切而又耐心地塑造自己，成为人群中不可替代的一员。

貌相

《三国演义》第35回，水镜曰："伏龙、凤雏，二人得一，可安天下。"

卧龙(诸葛亮)、凤雏(庞统)并称。然而，诸葛亮高大英俊，庞统却相貌丑陋："浓眉掀鼻，黑面短髯，形容古怪。"

孙权、刘备都曾闻庞统大名，却不喜其容貌，不愿重用之。孙权因庞统轻蔑周瑜(周瑜可是帅哥)视其为"狂士"，并"誓不用之"。

刘备则打发他去担任一个小官——耒阳县令。刘备听闻庞统不理政事，终日饮酒为乐，大骂他"竖儒"，命令张飞前去巡视、处置。

张飞这一去，才发现庞统实乃大才。此时，庞统才不紧不慢拿出鲁肃的推荐书。书曰："庞士元非百里之才，使处治中、别驾之任，始当展其骥足。如以貌取之，恐负所学，终为他人所用，实可惜也！"

刘备立刻"下阶请罪"，委庞统以要职。

可人的第一直觉，就是以貌取人。

爱情上，形象的吸引力是第一位的。一见钟情，钟的是帅哥、美女。

《西游记》第62回，祭赛国国王见到师徒四人，大惊道："圣僧如此丰姿，高徒怎么这等相貌？"

孙大圣听见了，厉声高叫道："陛下，人不可貌相，海水不可斗量。若爱丰姿者，如何捉得妖贼也？"

唐僧，手无缚鸡之力，捉不得妖贼，却一路得到杏仙、女妖和女王的青睐。

女儿国国王爱"相貌堂堂"的"御弟唐三藏"，不喜"形容狞恶"的三个徒弟。女王的袅娜多姿，使唐长老"兢兢立站不住，似醉如痴"，差点忘了西行的使命。猪八戒更是口角流涎，心魂尽失。

唯美主义者王尔德说："只有浅薄的人才不以貌取人。"

职场上，貌美者更易找到工作，更易获晋升机会。招聘广告多写有"相貌端正"一条。美国一项统计表明，丑男薪水比正常低百分之十三，美女工资比正常高百分之八。

影视明星，差不多个个俊男靓女。

全球身价最高的模特，巴西美女吉赛尔·邦辰，在T型台每走一米赚四十五万美元，一张硬照卖十万美元。

政治上，用美女联姻是维持和平的手段。

李咸用《王昭君》："古帝修文德，蛮夷莫敢侵。不知桃李貌，能转虎狼心。"

王昭君，古代四大美女之一。文成公主想来也长得极美。

可她们的内心明明悲苦："千载琵琶作胡语，分明怨恨曲中论。"（杜甫《咏怀古迹》其三）

“能转虎狼心”，也只是一时。维持长久和平，靠的是政治实力、战略均衡。安史之乱后，吐蕃军队曾两次攻下长安。

艳后克利奥帕特拉，为避免埃及被罗马吞并，曾经色诱恺撒及其手下安东尼。安东尼一度沉湎其温柔乡，可埃及托勒密王朝还是免不了覆灭的命运。

孔子也相面，也以貌取人：“视其所以，观其所由，察其所安，人焉廋哉，人焉廋哉。”（《论语·为政》）

孔子相的是仪容，不是纯粹的外貌。

刘劭，三国时魏人，他在《人物志·九征》里也言道：“衰正之形在于仪，态度之动在于容。”

《史记·孔子世家》：“孔子长九尺有六寸，人皆谓之‘长人’而异之。”据考古发掘，春秋鲁国铜尺，每尺折合现在20.5厘米。由此推算，孔子身高196.8厘米。

放到今天，孔子乃私立大学校长，首席“男神”教授。

阿蒙

“不探虎穴，焉得虎子”，出自《三国志·吕蒙传》。

吕蒙，东吴名将。十五六岁即随姐夫上战场，后来成长为一员虎将。他不喜欢读书，经孙权劝说后，开始就学，笃志不倦。鲁肃赞曰：学识英博，非复吴下阿蒙。

太多的人，是士别三年，外甥打灯笼——照舅（旧）。

原因：天赋有限，懒惰。

不少人文社科方面的学者，最具原创性的研究成果竟是自己的博士论文——毕竟是几年沉思的结晶。博士学位到手后，忙于开会应酬、推杯换盏、职称晋升。心里放不下一张安静的书桌，再也写不出更优秀的论著。

悲乎哉！

康德、黑格尔、福楼拜、巴尔扎克，皆是“劳动模范”。

福楼拜有一段时间住在塞纳河畔的克鲁阿斯村。书房的灯彻夜不息，他的窗户就成了渔夫夜里行船的灯塔：“在这段航路上，要想不迷失方向，就应该以福楼拜先生的窗户为目标！”

康德，一生不愿离开家乡小城柯尼斯堡，日复一日，有规律地生活、写作、散步。

他在给友人的信中写道："我胸腔狭窄，心脏和肺的活动余地很小，天生就有疑病症倾向，小时候甚至十分厌世。"

出行、游玩，对他一点吸引力都没有。

木心有——

> 我宠爱那种书卷气中透出来的草莽气
> 草莽气中透出来的书卷气也使我惊醉

木心，大概喜欢"夜读春秋"的关羽，而非"水淹七军"的关羽。

吕蒙是"草莽气中透出书卷气"，陆逊是"书卷气中透出草莽气"。文武双全者：曹操、周瑜、姜维。

周公瑾死得太早，姜伯约时运太差，成就以曹孟德最大。

书卷气太重，做不得大事（当然，仅凭匹夫之勇也做不得大事）。

1798年，拿破仑远征埃及。在"东方号"旗舰上，他设立了一所小图书馆，书籍皆由他亲自挑选。

1807年，拿破仑因在前线无书可读而大发雷霆。

亚历山大最喜欢读亚里士多德的《诗学》。

恺撒，文武双全，散文写得极好。

我，文科博士出身，手无缚鸡之力，最喜读《恺撒战记》。

忍辱

猇亭之战（公元222年），陆逊大败刘备，一战成名。

初，孙权拜书生陆逊为大都督，众将军或为孙策旧将，或为公室贵戚，各自矜持，不相听从。陆逊案剑曰：

> 刘备天下知名，曹操所惮，今在境界，此强对也。诸君并荷国恩，当相辑睦，共翦此虏，上报所受，而不相顺，非所谓也。仆虽书生，受命主上。国家所以屈诸君使相承望者，以仆有尺寸可称，能忍辱负重故也。各在其事，岂复得辞！军令有常，不可犯矣。（《三国志·陆逊传》）

非能忍辱，无以负重。司马迁、韩信亦如此。

司马迁忍宫刑之辱，成不朽《史记》。他在给好友任安的书信中，一抒胸怀："仆诚已著此书，藏之名山，传之其人，通邑大都，则仆偿前辱之责，虽万被戮，岂有悔哉！然此可为智者道，难为俗人言也！"

"可为智者道，难为俗人言"，多寂寥的心情！这叫以不死殉道。

《道德经》是智者对常人的告诫。如何面对苦难——“祸兮福之所倚”；如何发愤图强——“无为而无不为”。

老子曰：“知者不言，言者不知。”

可他不也留下五千言？否则，谁会记得历史上曾有这么一位智者？

智者，是留下故事、文字、智慧的人。

西方哲人，如莱布尼茨、尼采、海德格尔，皆受老聃影响。

为什么写作？

当代智者冯象说，我们老三届“知青”伤亡惨重，“欠债”太多，不得不写。

但，“伤痕文学”要不得，太小家子气。陀思妥耶夫斯基和帕斯捷尔纳克堪为中国作家的楷模。

《周易》，活命哲学。是前人教导后人“忍辱”的艺术：“尺蠖之屈，以求信（伸）也。龙蛇之蛰，以存身也。”

《周易》，质朴而深刻。纯粹的东方智慧，外国人读不懂。

诸葛亮苟活性命于乱世，我们苟活性命于盛世，都须证明自己曾经活过。

生命，不应沦为时间的流逝。

命运是我们最顽强的敌人。

韩信，一代名将，曾受胯下之辱。可他富贵后，提拔侮辱过自己的人。这叫感激生活的苦难。

太多年轻的作家，或受不得命运的侮辱，或浪荡在路上，徒然耗费生命。

不是真正的艺术范。

垮掉的一代，承不起生命之重。

蚂蚁能负重四百倍于己的东西，人呢？

第三辑

我负天下

1

天刚放亮，曹操忽然醒来了。

他警觉地朝四周望了望，阒无一人。不远处，枣红马听见他的动静，倏地睁开眼睛，甩了甩头。

梦里尽是昨日的厮杀，额头冒着几滴冰冷的汗。十月初的天气，夜里有点冷了。他轻轻咳了一声，准备起身。忍不住又咳一声，难道感冒了？他刚过三十五岁，身体十分壮实。他很快恢复了自信，用手抹一把额头，掌心隐有血迹。他清了清嗓子，掸掉衣服上的秸草。

他猛地站起来。

眼前是大片的蒜田，远处是长长的一排杨树林，叶子已有发黄的迹象。林边是一个水塘，从树林的隙间透出几幢草屋的轮廓。东方的天空，正由青变白，再变粉红，那个金黄色的火球快要蹦出来了。

凭以往的行军经验，他判断是到了中牟县，距离谯郡还有不少路程。好歹总算远离了洛阳那个是非之地，就是不知董卓捕拿他的文书到了此地没有。他牵起马，慢慢往前走。到塘边，他让马吃了一点蒜苗、喝些水，自己也洗把脸。他端详着水中的影子，不禁感叹，平生第一次这么狼狈。

昨日着实惊险！行刺董卓没有成功，他匆忙奔逃。城门官伍孚私自放他出城，替他抵挡追兵，结果被吕布的兵剁成肉酱。将来若有翻身之日，定要给伍孚立一块大碑，让子孙年年拜祭。他暗暗发誓。

这时，肚子咕咕叫了起来，他摸出一枚五铢，打算到附近的农家买个馒头吃。

砰砰砰……敲了好久，才见一位老妇颤悠悠开门。

“老人家，我是过路的旅人，甚是饥饿，想买个馒头吃……”

“噢……”老妇呆呆地看了看他，眼神满是迷茫和恐惧。曹操这时才意识到，自己仍一身校尉装扮。

“老人家，我是过路的旅人，甚是饥饿，想买个馒头吃……”他把话重复一遍。

“我……我的三个儿子……都被你们抓走了……我已经没有儿子了。”

“老人家，我不是官府的，只是过路的旅人。想买个馒头吃……”

“噢，馒头……”老妇人这次似乎听清楚了，她步履蹒跚，往里屋走去。一会儿，她捧出几个芋头：“只有这个了，望大人见谅……”

曹操接过芋头，眼噙泪花。他叹了口气，从怀里掏出一小锭金子，轻轻放入老妇手中，转身离去。

他行至中牟城关外，看见城门口贴着一张告示，上面的画像正是他。告曰：

> 今有逆贼曹操，谯郡人，身高一米八二，妄图刺杀朝廷大臣。诸百姓等，凡捕拿送至官府者，赏金千两，封万户侯。凡举报信息者，查证属实，赏金五百两。凡窝藏逆贼者，与贼同罪。钦此。

此时城门刚开不久，行人稀稀落落。他赶忙闪进城去。没走多远，一不留神被绊倒在地，一群军士蜂拥而上，将他紧紧绑缚。不一会儿，他被推搡至县衙。

“堂下何人，报上名来！”县令喝问。

曹操乜他一眼，不吭。

“堂下何人，快报上名来！”县令声音洪亮，有点聒耳。

“我说是过路的客商，大人相信吗？”曹操口气和缓。

“当然不信，你这一身校尉装扮，已经出卖了你……”

“那大人还明知故问？”

“我知道你是谁。当年我去洛阳求官，你时任北部尉，曾鞭打小黄门蹇硕的叔父，名噪一时。”

“不必多言！我正是曹孟德。坐不改姓，行不更名。”

县令沉默半晌，说道：“先把这厮下狱，待明日解京请赏。”并命人以酒食犒劳众军士。

曹操被关押在单独牢房。除了远处两个哈欠连连的狱卒，一个人影也看不到。回想这几年的坎坷经历及今早遇见的老妇人，他叹了口气，轻轻吟道：

贼臣持国柄，杀主灭宇京。
铠甲生虮虱，万姓以死亡。
白骨露于野，千里无鸡鸣。
生民百遗一，念之断人肠。

他止不住地悲痛起来，没有注意到，县令正躲在一旁偷听。

中午，狱卒送来饭菜。甚是丰盛，大饼两个，素菜、荤菜各两种，鸡蛋汤一份，另有两个他最喜欢吃的烤鸡肋。“蹲监狱倒是享口福了，比逃亡强。”他暗暗发笑，“囚犯也能吃这么好，中牟真是个富裕的所在，以后我也请命到这里做个县令。”

隐隐觉得不对。“难不成是县令知我一旦解京，定遭斩首，同情我，不忍我做个饿死鬼。”管他呢！先填饱肚子再说，早上吃的几个芋头实在太小了。吃完，他酣畅地睡了个午觉。如雷的鼾声令两个狱卒连连咋舌。

午睡醒来，继续发呆。

天色渐渐暗了下来。已是晚饭时间，却迟迟不见有人送饭来。“这……怎让人饱一顿饥一顿的？”

此时传来再次提审的消息，审问的地点改至后院。

“我知丞相待你不薄，何以自取其祸？”县令问道。

“他的小恩小惠，岂能蒙蔽我的双眼。董卓名为汉相，实为汉贼。”

“丞相带甲数十万，更有吕布为之羽翼，天下谁人能敌？”

“不得其人，兵多何用。”

“今欲投何方？袁公本初乎？”

“袁绍好谋无断，志大而智小，色厉而胆薄，难成大事。”

“袁公本路乎？”

“袁术刚愎自用，气量狭小，目光短浅，更无论焉。”

“刘公景升乎？”

“刘表以名士自居，外雅内忌，胸无大志，竖儒一个。”

“以君之见，谁可匡定天下？”

“燕雀安知鸿鹄之志！当今之世，舍我其谁。”曹操满脸傲然，眼里射出一丝坚毅的光。

县令屏退左右，亲自给曹操松绑，道：“我并非俗吏，只是一直未碰到明主罢了。故蜗居小县，等候机遇。”

“君可觅得机遇？”

“是的。我愿追随明公，讨贼，平叛，匡扶汉室。”

“是匡定天下！”曹操更正。

“匡定天下。”县令犹豫了一下，附和道。

“请问君台大名？”

“吾姓陈，名宫。自幼熟读兵书，乡里誉为子房第二。老母妻子，都在家乡。此处了无牵挂，即可弃官，与公并行。”

“好！”曹操大喜，忍不住拍了下陈宫的左肩。陈宫瘦弱，被这一下拍得生疼，心里有一丝不悦。

翌日凌晨，天尚未亮，陈宫收拾细软，曹操换了一身便装。两人各牵上一匹马，朝谯郡方向进发。

2

陈宫是文官，平常乘轿出行，不太会骑马。曹操只好临时传授他一些骑马技巧——握紧马缰，臀部不要坐得太实，等等。陈宫谨小慎微，不敢放马跑起来，再加上要避开大路，实在比步行快不了太多。临近中午，两人才行至朱仙镇南部的一个小村庄。在村外僻静的土坡下，两人吃了点干粮，让马吃些农田里的红薯秧。

曹操一边吃，一边在心头默默整理《孙子兵法》笔记。“兵者，诡道也。故能而示之不能，用而示之不用，近而示之远，远而示之近……”下面的内容却怎么也背不出了。他有强迫症，瞬时苦恼起来，只好求助于陈宫。

陈宫面露得意之色，接着往下背：“利而诱之，乱而取之，实而备之，强而避之，怒而挠之，卑而骄之，佚而劳之，亲而离之，攻其无备，出其不意。此兵家之胜，不可先传也……”

“还是兄台的记性好！”曹操表示佩服，“兵者，诡道也。世间何事不是诡道哉！”

“非也，”陈宫反驳道，“政者，正也。正心、诚意，进而修身、齐家、治国、平天下，这才是圣人之道。诡诈多变，只能求一时之利，非长久之道。”

“乱世不可拘泥圣道。”

“圣道之为圣道，恰恰意味着不可变更。”陈宫满脸严肃。

看陈宫较起真来，曹操连忙赔笑：“不争论不争论，吃完赶路要紧。”

吃完继续赶路。

夜幕降临，他们行至杞县东二里一个小村庄。村口无人，只见一棵高大的树孤零零地站在那里。树干歪曲，极不规则，树根裸露，盘根错节，形似狗的脊骨。

两人下马。

“这是何树？怎生得这般形状？”陈宫问。

“这大概就是‘狗脊骨树’了，极为罕见。我近年四处奔波，算得上博闻多识，可也是第一次见。我少时曾旁听大儒郑玄讲《植物学》，故而识得。”

“乱世出异相！”陈宫轻轻叹息。

曹操嘿嘿一笑。

“孟德，你笑什么？”陈宫有一丝不悦。

“没什么，没什么。我在想，这棵树长得可真个性。奇树、怪石，皆以丑为美。”曹操笑道，“不说树了，咱们找个农家借宿一晚。”心里暗想，陈宫这人也太敏感。

村庄甚是颓败。他们来到一家看着像样点的院子前。陈宫轻轻拍门，没人答应。曹操使劲拍门，大喊：“有人在吗？”

一阵脚步声趋趋前来。

“谁敲门？”

“我们是过路的客商，想借宿一晚。”曹操道。

昏暗中，门缝中透出一双警惕的眼睛。看门外只有两个人，且衣饰不俗，于是打开大门。

“大哥贵姓？”曹操举手作揖。

“我姓夏。”农人答。

“夏大哥你好，我们是准备前往浚仪的客商，因天色已晚，想借住一宿。麻烦你了！我们不会白住的。”最后几个字，曹操特意加重语气。

农人又细细打量他们一番，说：“进来吧。”

农人帮他们把马拴到院里的石榴树上，把人让到西厢房，走到门外，朝着厨房大喊，“孩他娘，来客人了，多做点饭。”

农人复进门，神色有点不自然地笑道：“两位稍等，婆娘正烧饭。家里粗陋，我出去给你们买点酒肉来。”

“那怎么好意思……”陈宫从背囊取出一点碎金，递给农人，“太麻烦您了，这点钱务请收下……”

农人也没客气，收下碎金，出门前瞟了一眼陈宫的背囊。

一个半时辰后，曹操和陈宫吃饱喝足。略事休息，和衣躺下。马被农人牵到后院喂草。

陈宫甚感倦累，一眨眼就睡着了。曹操却心事联翩，难以入眠。不知过了多久，他昏昏欲睡之际，忽听得“吱扭”一声，好像是院子大门开了。他感觉有点蹊跷，遂轻轻起身，抽出佩剑。

趁着朦胧的月光，他从窗缝中看到，夏姓农人手持一短棍，身后紧跟两人，一人举锄，一人秉锹，正悄悄朝西厢房挪来。

来不及叫醒陈宫，曹操一个箭步闪到门后。陈宫的鼾声一起一伏，越发映衬秋夜的静谧和诡异。

西厢房的门被轻轻推开，夏姓农人的左脚轻轻伸了进来。

曹操猛地刺去一剑，农人应声倒地。曹操又补上一剑。另两人见势不妙，转身朝大门外奔去。曹操赶上，将落在后面拖锄的农人刺死。秉锹的农人却已跑远，铁锹被弃在地。

曹操不敢穷追，急忙唤醒尚在沉睡的陈宫，收拾东西，奔向后院。马不在！他心头一惊。

“快跑！”他一手提剑，另一手拽着陈宫，认准方向，往村外跑去。这时陈宫已醒过神来，浑身抖颤，吓出一身冷汗。

约莫跑了半个时辰，陈宫气喘吁吁道：“孟德，我小腿被什么东西剐蹭一下，疼得厉害，好像在流血，实在跑不动了。”

曹操只好停下，陈宫一屁股坐到地上。借助夜月的冷辉，曹操俯身掀起陈宫左腿的裤管，替他检查伤口。

“错了错了，不是左腿。”

曹操又去掀他的右腿裤管，果然在流血。刺啦——他撕去袍子的一角，给陈宫包扎伤口。

“老弟，受苦了！你站起来，试试还能走路否？”

“先歇歇再说。”陈宫还在喘粗气。

“也好，我也累了。”曹操顺势往地上一躺。

“你瞧瞧我，跟你受的是哪门子罪啊！要不是因为你，我正躺县衙大床上睡得香呢。”

“天将降大任于是人也，必先苦其心志……”

“劳其筋骨，饿其体肤，空乏其身，行拂乱其所为……孟德，你就别背书了，这是我的强项。”

“光会背书是不够的，还得身体力行。”

“运筹帷幄，决胜千里之外，难道就不是身体力行？”

“高祖麾下有千军万马供张子房运筹帷幄，而我现在，身边连一兵一卒都没有。你追随我，就不怕看走眼了？”说完，曹操哈哈大笑起来。

“我眼光不会错的！”陈宫语气坚决。嘴上如此说，内里却犹疑起来，难不成真的看错了？他忍不住又瞄了瞄曹操。

曹操连连打着哈欠。他心里默默念诵自己新创的三字经：霸、忍、谋。如果想成就伟业，就必须像项羽一样神武霸气，像刘邦一样坚毅忍耐，像张良一样足智多谋。必须打造一个强有力的团队，像陈宫这样的谋士还是需要的。想到这儿，他也偷偷乜了一眼陈宫。

约莫休息了半个时辰，曹操扶起陈宫，道：“贤弟，出发吧！”

陈宫有伤，步履蹒跚，自然走不快。幸好没人追来。天蒙蒙亮，一道并不太宽的河水挡住去路。

“孟德，这是什么河？不知水深不深？”

“惠济河，我们应该是到了睢县地界。我下去试试。”

曹操折了一根树枝，慢慢蹚到河中央，刚没及膝。但为免陈宫伤腿沾水，曹操决定背他过河。

陈宫有点不好意思。曹操立定，俯身向前，道：“趴上来！别扭捏了，这有啥！”看陈宫还在犹豫，曹操即兴高歌一曲：

我负天下人兮
岂可天下人负我
卿兮一百二十斤
吾兮一百八
负得起！
我负天下人兮

岂可天下人负我
天下人兮重比泰山
吾兮轻若鸿毛
负不起！

听着曹操的“打油歌”，陈宫有一丝不悦，但也只能由他背负渡河。

渡到对岸，曹操坐地上喘气、休息。陈宫突然发觉背囊似乎轻了些许。翻检后，他发现少了几块金子，想来是过河时不慎掉落水中。

“孟德，掉了几块金子到水里！”

“算了！河水太浑，不易寻找。你不是还有好多吗？再说，我身上还有些，足以应付路上花费。”

“我本想储备着，帮明公……您招兵买马用的。”陈宫脸红了。

“兄台心意我领，可这点金子远远不够。放心，到时自有办法。”曹操宽慰他。

“孟德，不知前方是否有市镇，最好买两匹马代步。这样走下去，委实不是办法。”

“这我早已想到。前方不远就是竹林村，此处有一人，姓吕，名伯奢，是我父亲的结义兄弟。可向他借马。”

“太好了！”陈宫大喜。他忍不住想拍曹操肩膀，手伸出去，在空中画了个半圈，又伸了回来，挠了挠自己的头。

3

两人又行了几里，天渐渐亮了。这时，他们看到前方是一大片葱郁的竹林。

“过了那片竹林，再前行五百米就到了。”曹操道。

刚走进竹林，就听见嗒嗒……嗒嗒……是两匹马并辔缓行的声音。曹操急忙拉陈宫隐入路旁的草丛。

两马走近，曹操看到来人正是吕伯奢，一名仆役模样的人紧随。曹操闪身出来，叫了一声“伯父”。

“你是……阿瞒？”吕伯奢吃了一惊。

“伯父，我正是阿瞒啊！”

吕伯奢下马：“阿瞒，今年倒是见过你父亲一次，可我们爷儿俩好多年没见了吧。朝廷正遍行文书捉拿你。”

“愚侄正是逃难至此。无奈马匹被贼人偷去，打算找伯父借马呢。”曹操满脸悲切。

“小事小事！这位是……？”吕伯奢指了指陈宫。

“他叫陈宫，本是中牟县令，看不惯董卓篡政，故偷偷释放愚侄，一起奔逃。若非陈县令，愚侄已深陷大牢，不日将被董卓活刮。”

吕伯奢向陈宫作揖道：“多谢多谢！”

陈宫赶忙还礼。

吕伯奢道：“贤侄，我有事去县里一趟，没法陪你。我的五个儿子都在家，大儿是你幼时的玩伴，应该还记得你。你们直接去家里，今天好好歇息，明早再上路。”说完，匆匆上马而去。

吕家长子名吕望，果然尚记得曹操。只是多年未见，热语难掩几分生疏，远不如儿时亲密了。这也是人之常情，曹操并不在意。他把竹林里巧遇吕父以及来意都简单说了说，吕望毫不犹豫地答应了。

“你们还没吃饭吧。来，先吃些点心垫垫，我让人准备酒菜，中午咱们好好聚一聚。”吕望随即让人出去准备。

午宴甚是丰盛，吕望的四个兄弟均过来作陪，极尽劝酒之能。曹操和陈宫两人喝得酩酊大醉。

曹操醒来已是傍晚时分，天色正渐渐变暗。陈宫独自在隔壁房间沉睡。

曹操起身，带上佩剑，走出院门，想找一隐蔽处小解。

村外有一个不大的池塘，几只鸭子在水中嬉戏，数株粗柳环绕四周。柳树老杈处，堆满了瘿瘤，煞是丑陋。

曹操四顾瞅了瞅，没人。他紧靠一株粗柳，解开衣衫，闭眼，喷向池中。几只鸭子被吓了一跳。

他整好衣衫，正欲回去，依稀看到远处两人走来，正是吕家兄弟。两人好像在争执什么，他慌忙躲在树后。

“大哥，窝藏逆贼可是与贼同罪！”

“他父亲与咱们父亲是八拜之交，且他是我幼时玩伴，怎忍心绑他？”

“父亲未必愿意庇护他。父亲迟迟不归，这意味着什么？”

“肯定是有事耽搁，还能有啥。”

“父亲感觉为难，故而让我们自主决定。”

“父亲不是这种人！”

“即使父亲不做如此想，你身为长子，也得替咱吕氏一族考虑。万一事发，可是要诛灭九族的。你是长兄，怎能只顾私情！”

短暂的沉默。

“大哥，咱祖上也曾位列三公，如今家道没落。这可是一次发家的机会。”

又是短暂的沉默。

“大哥，他们只有两人，且一个还是手无缚鸡之力的文弱书生，即使曹阿瞒武艺高强，只要我们攻其不备，拿下他不成问题。我已和二哥三哥五弟商量好，只等大哥你点头了。”

“不行，我不赞成这么做！为人不义，与畜生何异？”

“大哥，不是做兄弟的不尊重你，你如此优柔寡断，会害了我们全家的。你若碍于情面，下不了手，一切交给我们好了。”

“你们千万莫轻举妄动！父亲可能快回来了，我去竹林迎他。”吕望说完，匆匆跑去。

曹操倒吸了一口冷气。他轻轻抽出剑，悄悄尾随吕家四子身后。刚跨进院门，曹操就从后面一剑将其刺死。

曹操关上大门，不问男女老幼，全部杀死。转眼间，吕家十五口人命丧剑下。

陈宫已被惊醒，他何曾见过这等惨烈的场面，早已吓得脸色发白。

“孟……孟德，这……这是何故？”

“吕家四个儿子妄图谋害你我，幸好被我偷听到。吕望倒是个好人！”

“奈何妇幼一并杀死？”陈宫稍微平静下来。

“难道等她们去报官吗？”

“上天有好生之德，岂可滥杀无辜？你和董卓还有什么区别！”

“成大事不拘小节。你这是妇人之仁！”

“唉……”陈宫在一旁直叹气。

“吕伯奢和吕望快回来了。收拾东西，赶紧走！吕家的马在后院，我去牵两匹。”

“万一撞见，若何？”

“杀之！还能怎样？”

“可他们并不曾想谋害你我。”

“我杀掉吕家十五口，已成宿仇。何况，也要防备他们报官。”曹操愤愤，“宁教我负天下人，休教天下人负我！”

“可你如此自私残忍，又如何收拾天下人心？”

“天下可无吕伯奢，却不可无我曹孟德。我负天下人，正为天下人。”

“曹孟德，道不同不相为谋，你……我还是分手吧。”

“好吧，”曹操叹息道，“那你先走，我在这里等他们。你最好别从竹林经过，免得撞见他们。否则，夹在中间为难！”

“我为难什么？”

“告诉他们真情，于我不义；不告诉他们，你良心上又过不去。”

“那你就不怕我去告发你？”

“你既然救过我，就不会再害我。何况，你虽不齿我的残忍和暴烈，却敬佩我的见识和胸怀。”

“孟德，我刚才恨不得杀了你！”

“可惜你没这个勇气，何况，你还想亲睹我在这乱世的舞台上究竟能唱一出什么戏，你还想证明，你现在离我而去是英明的决断。或许有一天，我们会在战场上见。”

“你说的有几分道理。”陈宫冷冷一笑。

“你是一个好观众。”

“但愿你是个好演员。”

“当然是！”曹操目光坚定。

陈宫牵马离去。水塘边栖息的几只鸭子又被吓了一跳，纷纷跳到河里。

半个时辰后，曹操关上院子的大门，策马奔腾。吕伯奢和吕望被反绑在院里的枣树上，口中塞满布条。

微风吹拂竹林，哗哗地响。

观沧海

1

看着厨子特意为他煲的驼蹄羹，曹操却一点胃口都没有。他一整天没吃东西了。自从袁尚、袁熙投奔三郡乌丸，便合兵一处，频频袭扰幽州、涿郡等地。此患不除，北方大局难定。可征讨乌丸，谈何容易。

夜色渐临，邺城上空到处腾起灰黑色的炊烟。烟消逝在夜中，曹操对此浑然不觉。他手捋浓黑长须，在大厅里踱来踱去。偶尔仰头，轻轻叹口气。卞夫人让女仆悄悄点上蜡烛，并特别吩咐：动作要轻，别惊了老爷。

门外响起一阵急趋的脚步声。亲兵前来报告："丞相，董昭已至邺城，特来求见。"

"快请！"曹操脸上露出兴奋的笑容。

他刚坐定，抿了一口凉茶，就看见董昭跨进门来。曹操赶忙起身相迎。

"公仁，你怎变得如此清瘦？"曹操惊道。他们已经一年没见了。

“丞相……”董昭有点哽咽，“两渠皆已修通！”

曹操抓住董昭双肩，使劲晃了几晃：“公仁，辛苦了！”

此时，女仆小步走上前来，语气轻柔：“老爷，夫人让我告诉您，她马上让厨房准备饭菜，为董先生接风。”

“你告诉夫人，不必了，我们到外面的酒馆吃。”说完，曹操匆匆换了身便装，拉起董昭便朝外走。门口的亲兵牵来两匹马。

天已完全黑了。曹操没让亲兵跟随，他和董昭骑马沿着临漳大街一直向北。一路上，酒馆林立，灯火通明，甚是喧闹。不时看到东倒西歪的军士，相互搀扶，满嘴脏话。

他们来到北门附近的琅琊酒馆。这是一家生意清淡的小酒馆，大厅客人稀落，两个包厢都空着，他们选了靠里的一间坐下。曹操向老板娘要了一瓶衡水老白干、四碟小菜、两碗炸酱面。并交代，炸酱面可稍晚再上。

很快，一个相貌清秀的姑娘把酒菜端来。她大概十五六岁，扎着浅蓝色头巾，不像是店里聘的女工。

“你是老板娘的女儿吧？”曹操笑道。

女孩轻轻“嗯”了一声。

“你叫什么名字？”

“灵萱。”

“好灵秀的名字！”

女孩的脸倏地红了。老板娘过来搭话：“最近店里生意不好，就把请的女工辞了，让女儿来帮帮忙。”

“我以前来过你的店，生意不是挺好？”

老板娘欲言又止："这个……倒不是俺自卖自夸，小店的菜还算可口，只是，最近半年新开了不少酒馆，且都有歌舞表演。像小店，就没啥竞争优势了……好啦，不耽误您和客人饮酒了，一定要经常惠顾小店噢！"说完，拉着女儿走开了。

曹操亲自给董昭倒酒。董昭欲起身客套，曹操忙说："别动，别动！"另一手摁着他坐下。

曹操爽朗地笑道："公仁，你这次可是为国立了大功。修渠之事，具体说说吧，你怎么在一年内完成的。我本以为，最少得耗时一年半。"

董昭表情复杂，欣喜惶恐兼而有之。"丞相，我知您急欲征讨袁氏兄弟和乌丸三郡，工期赶得紧，役使百姓就严厉了些。修泉州渠时还算顺利，至于平虏渠，曾激起民变。我不得已，只能弹压，百姓死一人，伤五十余。特向丞相请罪！"说罢，董昭起身作揖。

曹操道："公仁，快坐，快坐！你何罪之有。国家法度，百姓亦须遵守。何况，若事事都按常规来，如何成就大业。两渠修成，解决了运粮难题。不日我即可率大军北上，北征乌丸，你记第一功！"

"丞相如此说，属下就放心了。"

"这才只是第一步，还有很多后续工作要做。自冀州、并州平定，将骄兵横，军纪涣散，亟待整顿。"

"刚才路上我也亲睹一些。若前方修渠百姓看到，不免心寒……"董昭话未说完，只听外面传来喧哗之声。

"老板娘，兄弟几个饿了，快把好酒好菜端来。"原来是一个军侯带着几位士兵前来聚餐，他们坐了另一个包厢，正大声叫唤。

老板娘亲自将菜单送去，请他们点菜。军侯显得极不耐烦，使劲拍桌："只管把店里的特色菜烧好给老子送来。先上几个凉菜，牛肉多切点，再来三瓶五茅酒，要上等的。快点！"老板娘唯唯诺诺，赶忙下去让厨房准备。

见军士如此嚣张，曹操不由得陷入沉思。董昭恐他发火，遂转移话题："丞相，辽西地形复杂，最好物色一个本地向导，我给您推荐一个人选。"

"谁？你说！"曹操回过神来。

"田畴。"

"这名字有点印象。"

"此人少时喜读书，曾辟为幽州牧刘虞从事，受刘虞知遇之恩。朝廷欲任命其为骑都尉，他坚辞不受。刘虞被公孙瓒杀害后，他率领族人乡邻数百人，隐居徐无山。多年来不断有人归附，聚众达五千户，在地方甚有威望。"

"既是隐士，愿意接受朝廷征召吗？"曹操表示忧虑。

"以公之威望，想来不会拒绝。何况，征讨乌丸乃平定北方大计。归附他的人，本就有一部分是不堪乌丸侵扰。"

"好！回头我亲遣使者相请。"

隔壁划拳的声音越来越大："哥俩好啊，三星照，四喜财，五魁首，六六顺……哈，老赵，你输了，赶紧喝！小刘，该你了。来来来，哥俩好啊……"

"姑娘，这菜味道不错。来，给爷唱一曲。"

“军爷，我……我不会。”是灵萱弱弱的声音。

“啥？不会？！别的酒馆都有歌舞表演，唯独你们没有！若不是别的酒馆包厢都满了，爷我才不会来这鬼地方……快，给爷唱一个……想跑……你往哪儿跑……”

灵萱似乎被人挡在门内。“军爷……你就放过我吧，我真不会唱曲。”

“让爷亲一个，就放你走……”接着传来强行亲吻和推搡抗拒的声音，众军士一阵哄笑。

曹操骤然愤怒了。他起身拔剑，正欲发作，只听见老板娘在使劲告饶：“各位军爷，请息怒！请息怒！她小孩家不懂事，我来唱，我来唱！”曹操从门缝中看到灵萱哭哭啼啼跑了出去。

交赤松，及羡门，受要秘道爱精神。
食芝英，饮醴泉，柱杖桂枝佩秋兰。
…………

老板娘的唱腔，悠扬中透着一丝无奈。

唱完之后，老板娘赔笑道：“各位军爷，招待不周，多多见谅！今天的饭菜钱就不要了，就是三瓶五茅酒实在太过昂贵，还望……”

“知道知道！老子今天没带钱，明日派人送来。”

“请问军爷贵姓？隶属哪个兵营？”

“你这熊婆娘，听好了，老子姓王，乃宣威侯张绣将军部下。老子堂堂军侯，还能欠你酒钱不成。”

老板娘不敢再吭声，小心翼翼地退出包房。

曹操顿时失了胃口，再也咽不下饭菜，遂付了酒钱，和董昭步出酒馆。走前，他朝依旧喧哗的包厢投去狠狠一眼。

三天后，演武场，曹操邀董昭一同检阅军马操练。他已有好一段时日没有亲自检阅军马了。

鼓声铮铮，快马奔腾，好一片威武壮观的场面。

操练完毕，众军归位。曹操走下检阅台，来到张绣队列前："张将军，你属下可有姓王的军侯？"

"报告丞相，属下军侯十人，王姓三人，不知您指的哪位？"

"那就让三位都出列！"

"是，丞相！"

霎时，三位军侯整肃地站到队列之前。张绣道："丞相，不知您有何吩咐？"

曹操端详了一下他们的面孔。手一扬，叫了声："卫兵何在？"

"在！"

"唤琅琊酒馆老板娘！"

一位军侯脸上的肌肉不由得抖动起来。那恐惧的表情，宛若孤身一人，半夜撞见了狰狞的恶鬼。

曹操命令三位军侯脱帽，然后对酒馆老板娘说道："莫怕，你过来指认一下。"

老板娘瞅了一眼，用手指了指。

曹操双目紧盯那位军侯："你叫什么名字？"

"报告丞相，我叫王宁！"

“王宁，猥亵民女，强占百姓财物，按军纪当如何处置？”

“猥亵民女，革去军职，处以五十军棍！强占百姓财物，革去军职，双倍赔偿，并处以五十军棍！”王宁心里恐惧，但军纪条文背得十分熟练。

“这你倒还记得。你可知罪？”

王宁低头不语。

曹操冷冷笑道：“难道要我当众说出你的丑事？还是不是军人，拿出点勇气来！”

王宁跪倒在地：“丞相，属下认罪，甘愿受罚！”

张绣也跪倒在地：“丞相，属下治军不严，甘愿一同受罚！”

曹操扶起张绣：“张将军，不关你事。”又大喝一声：“卫兵！”

“在！”

“即刻行刑，一百军棍！”

王宁被打得皮开肉绽，当场昏死。众将士骇然，不少人更是羞愧地低下了头。张绣轻轻挥手，本部的士兵把昏死的王宁悄悄抬走。

曹操复登上检阅台，朗声道：“半年不打仗，英雄无用武之地，大家就开始作威作福了，是吧？触犯军纪的绝不止王宁一人，如有再犯，吾将严惩不贷。养兵千日，用在一时，我已决定来年春天对乌丸用兵！”

将士听得此语，立马群情激奋，嗷嗷直叫。立功的机会来了！

等将士平静下来，曹操继续道：“当然，军纪出了问题，我负首要责任。罚不严，赏不明，大家难免有所懈怠。自我起义兵，诛暴乱，至今已经十九年，每征必克，难道是我一个人的功劳吗？不，不是的！是众谋士、众将士齐心协力的结果。天下虽未完全平定，但该赏者须赏，否则，我良心上何安？不日，我将上报朝廷，大行封赏。这里，要特别提一下张绣将军。他在南皮攻破袁谭，劳苦功高。朝廷已决定将他的食邑增加到两千户，位列众将军之首。所以，只要大家奋勇杀敌，皆有机会拜将封侯。”

“拜将封侯！拜将封侯！！”众将士又是一阵激奋。

当晚，曹操设宴招待众谋士和将军。

曹操举杯：“各位，我已决定征讨两袁余党和乌丸三郡，不知各位有何高见，但请知无不言。来，先干了这杯！”

大家一饮而尽。

众人你瞅瞅我，我瞅瞅你，皆不愿第一个发言。张辽起身道：“丞相，若大军北征，刘备必劝说刘表从背后袭击许都，果真若此，将会十分凶险。”

众皆附议。但郭嘉表示反对：“不然。刘表自知才能不如刘备，重用之，怕难以驾驭；不重用，则不会采纳刘备的意见。刘表纸上谈兵，向无大志，我敢断定，他不会也不敢偷袭许都。何况，东有孙权觊觎他的地盘。丞相大胆出征好了，没什么好担心的。”

曹操道：“奉孝所言，甚合我心。就这么定了！来年春大军开拔，一举攻下乌丸三郡，剿灭袁尚、袁熙的残余力量。文远将军！”

“在！”张辽大声应道。

“胡人善骑，此次北征，骑兵乃重中之重，你要用心操练。”

“丞相放心！属下赴汤蹈火，在所不辞！”

众人告辞，曹操独留下张绣，道：“也没别的事。军侯薪水不高，你拿点钱代王宁赔偿琅琊酒馆吧，并亲自代我向老板娘赔罪！”

张绣眼含泪花，抱拳作揖：“但听丞相吩咐！”

2

建安十二年（公元207年）四月下旬，曹操率大军出邺城，开始北上。五月底，抵达无终。天气日渐炎热，曹操下令，大军在无终休整三天。他计划出滨海道，过碣石，进攻乌丸单于蹋顿的大本营柳城。

六月初二，大军继续北上。谁知刚出城，天空就降下暴雨，众将士被淋成落汤鸡。曹操只好令大军折返城内。

老天爷成心作对似的，雨下个没完。五天后，趁着雨弱的间歇，曹操令张辽派出斥候前去探路。第三天，陆续收到斥候回报，说前方道路泥泞不堪，部分路段已被大水冲毁，有的地方积水成泽，根本无法通行。而且，蹋顿已获悉曹操北征的消息，派人守住了险要处。曹操听后不由得焦虑起来，众将更是垂头丧气。难道前功尽弃？曹操突然想起田畴。或许，他能提供什么好建议。

“公仁，麻烦你亲自跑一趟，去请田畴。”曹操对董昭道。

“遵命，丞相！”

“要不要带一些礼物？”

“不必。像田畴这样的隐士，本就不喜世俗礼节，赠送贵重礼物，只会适得其反。若愿来，自会来。不愿来，万金也请不动。”

“那好。我让曹纯将军陪你一同前去。曹纯！”

“末将在！”

“你从虎豹骑挑选几名卫士，跟随董先生前去，务必保障先生安全。”

“丞相放心！”

董昭一行人等即刻出发，前往徐无山。雨季道路异常难行。第三天上午，他们才找到田畴的隐居所在。从山腰上往下眺望，只见雾蒙蒙中，数个村落连绵分布在一大片狭长平缓的谷底，村与村相距不远。

他们牵马朝谷底走去。山坡尽被马尾松和桧树覆盖，浓荫遍地，时而传来潺潺的流水声，十分清凉。董昭把马缰递给卫兵，蹲下掬了一口山泉，闭眼饮下。心里直叹，终老于斯，岂不胜于出将入相哉！

董昭看到一农夫肩扛斧头上山砍柴，遂趋步上前：“劳驾这位大哥，请问子泰先生家居何处？”

“子泰先生是谁？”

“就是田畴先生。”

“你说小畴啊，我是他堂叔。你往前走，第一个村子，过第二座石桥便是。”

“多谢多谢！”

农夫也不客气，直往山上走去。

“山野鄙夫，不懂礼貌。”曹纯小声骂了一句。

声音虽低，但还是被董昭听到了。“曹将军，骂人难道就礼貌吗？”说罢，哈哈大笑起来。

“先生说得对。不骂，不骂。”曹纯做打自己嘴巴状。

“过会见了田畴先生，千万不可造次。”

“懂得，懂得。”

跨过第二座石桥，眼前是一座颇为精致的宅院。董昭轻声叩门。

只一会儿，门吱呀一声开了。一位仆役模样的人走出来：“您是董先生吧？我家先生正在客厅等您。”

董昭愕然，道：“正是！可是……”

仆人道：“说实话，我也想不明白。先生说，今日会有一位董先生来访。您还是直接问先生吧。”

“好，多谢！请问贵姓？”

“小的叫田二。来来来，里面请！”说罢，引众人走进宅院。

田畴正坐书房看书。听闻董昭已至，赶紧出外相迎。

“公仁先生，最近可好？”田畴微微笑道。

“比不得子泰先生，闲云野鹤，无官一身轻。我正追随曹丞相北征乌丸，忙得焦头烂额。”

“我已知曹丞相北征，也猜到先生将会前来。”

“何以知之？”

“北征乌丸，势所必然。我最近也在谋划此事。”

“这么说，先生愿意出山？”

“世上本无山，何必言出。田畴不才，避居于此，只为苟全性命，并不愿做什么隐士。隐士只求自了，并非我思慕的境界。田畴愿随先生前往，不求闻达，但求济世。等平定乌丸，我还将返乡。”

“先生高义。您看何时出发？”

“立时出发。且待片刻，我向夫人告辞。”

田二跟在田畴身后，一起朝后花园走去。田二道：“先生，过去袁公仰慕您，又是送礼，又是下令，前后五次，您一点也不屈就；现在曹公使者第一次来，您就显得急不可待，这是为什么？”

田畴笑答：“这就不是你小子能明白的了，讲了也白讲。你跟不跟我去前线，有没有这个胆？”

田二挠头傻笑。田畴摸了摸他的头：“知你舍不得红玉姑娘。待我取胜归来，向夫人说说，给你俩定亲。”

“那我还是跟您去吧！”

“真的？可不许反悔。”

“不反悔！”田二语气坚定。

由于田畴熟悉地势，返回的速度快了许多。第二日午时，一行人等抵达无终，曹操率众人在门外迎候。

“子泰先生，盼星星盼月亮，终于把您盼来了！”曹操紧握田畴之手，步入正堂。

众人坐定。

“明公北征，田畴愿尽绵薄之力。”田畴道，“不知大军为何停止不前？”

曹操顿现愁相，道：“前方滨海道尽被大水冲毁，且蹋顿已知我军动向，已在险要处布置军马。只怕这次北征要前功尽弃，请先生来，就是想听听您的高见。”

田畴道：“滨海道在夏季常常积水，浅处不能通行马车，深处又载不动船只，形成这种灾难已经很久了。但丞相不必退军，据我所知，还有一条路可行。原先的北平郡治在平冈县，从卢龙塞直通柳城。自光武帝建武年间以来，破败断绝近两百年了，但还有隐蔽的小路可以找到。如果我们率军悄悄上徐无山，从卢龙口越过白檀的险要地带，然后从空旷地区走出，乘其不备攻之，定可大获全胜。”

曹操大喜：“太好了！”

田畴道：“只是山路崎岖，大军不易通行。”

郭嘉咳嗽一声，插话道：“丞相，我有一个建议。”

“奉孝，你说。”曹操道。

“兵贵神速。辎重过多，进军缓慢，很难抓住有利战机。且对方一旦发觉，就会预先设防。不如轻兵加速前进，打他个措手不及。具体建议是，一万骑兵全部出动。同时精选一万步兵，负责修路架桥，携带兵器干粮。一旦走出大山，即可让骑兵奔袭柳城。其他五万大军，可在后缓行接应。”

曹操顿了顿，点头道：“可行。”

董昭道：“丞相，乌丸骑兵三万有余。以一敌三，只怕胜算……”

曹操摆手道：“不妨，兵在精不在多。胡人单兵作战能力强，但不善群战。汉武年间，霍去病曾以八百骑兵歼匈奴骑兵三千，我军定可取胜。文远将军，可有信心？”

“有！”张辽起身立正，声音响亮干脆。

“那好，就由张绣将军率一万精锐步兵修路架桥。张辽、曹纯统率骑兵，随我奔袭柳城，田畴、郭嘉两位先生同行。大家今天好好休息一下，明早动身。”

这时，大门外传来一阵喧哗的声音。卫兵前来报告，说有几个商人坚持要见丞相。“让他们进来吧。”曹操道。

“你们是什么人？”曹操问。

“丞相，小人家住许都，这几位是我的子侄。我们常年往来北地经商。”为首的中年汉子看上去有点紧张。

“缘何非要见我？”

“我们上个月在北地偶逢一位汉族女子，自称蔡文姬，是匈奴左贤王的妾。她说与丞相交谊甚深，特托我等转交书信一封，并嘱咐书信务必亲手交给丞相。”说罢将书信呈上。

曹操命赐金一锭。中年汉子婉拒了，随即告辞。

曹操道：“奉孝、文远，你们也下去吧。”

曹操不想马上拆阅书信。他左手捏信，右肘置桌上，用手捏了捏太阳穴，理一理混乱的思绪。他的记忆倏地被唤醒了。

二十年前，刚过而立之年的他，在蔡邕府上初次见到蔡文姬。当时文姬年方十六，楚楚动人。在父亲蔡邕的精心教导下，她博学多才，又精于音律。几句话就能把父亲和曹操驳得哑口无言，忽而又逗得他们哈哈大笑。她还当着曹操的面，抚琴一曲。临别时，文姬送他出门，眼中隐隐闪烁着一丝羞涩。

一晃二十年过去了。她父亲被杀，而她多年来杳无音信，谁知竟被掳至匈奴。他缓缓展信。

蔡琰拜孟德吾兄：兵殳乱世，贼寇丛生。太平佳境一梦，民生安乐难期。身在胡虏，心系许都。孤烟大漠胡笳悲，汉宫城阙亭台月。梦里往昔郎，醉里往昔郎，犹有少年华。

曹操读罢，长长一叹。

曹操命人唤来董昭，道："公仁，还要麻烦你辛苦一趟，此事非你不可。"

"丞相何必客气。"

"此事半公半私。你也知道，昔日蔡邕先生和我私交甚好，可谓亦师亦友。如今他女儿蔡文姬流落南匈奴，沦为左贤王之妾，想来日子过得不会畅心。我意，你携重金前往，赎回蔡文姬。南匈奴几年前即已归附大汉，准确说是归附我。你表明这是曹丞相之意，想来左贤王不会、也不敢拒绝。"

"那几个商人说的可是此事吗？"

"正是。你可带我的亲随周近等人前去。此事若顺利，你们直赴柳城。到时我定然已打败乌丸。大军会在柳城休整一个月，希望能等到你。若大军已然南返，你们可从后面追赶。我会在碣石停留几天，看一看大海。"

"谨遵丞相之命。"

"事不宜迟。你收拾一下，一个时辰后出发。"

"好。"

3

翌日一早，大军绕路朝徐无山进发。出发前，曹操命人在滨海道路旁的水边立了一块木牌："方今暑夏，道路不通，且俟秋冬，乃复进军。"

两天后，乌丸的侦查骑兵看到木牌，以为曹操撤军，马上报告给蹋顿。蹋顿正与袁氏兄弟在帐中饮酒，听到消息哈哈大笑："都说曹操一代枭雄，我看不过尔尔。"

袁尚表示担忧："单于，我看此事蹊跷。曹操可不是轻言放弃的人。"

蹋顿道："可惜老天爷不帮他的忙。人不能逆天，曹操也不能。"

袁尚道："他是不是在麻痹我们，走别的路偷袭？"

蹋顿道："不可能！袁将军放心好了。除了滨海道，他们只有去翻山了。你说十万大军，怎么可能去翻山？"

蹋顿畅饮之际，曹操大军刚刚进入徐无山。山路的崎岖坎坷，远超想象，何况还阴雨绵绵，山路异常湿滑。一天工夫，已发生十几起连人带马跌下山崖的情况。第三天，张绣由于操劳过甚，高烧不退。曹操只好令张郃代替他的职务。郭嘉也病倒了，一直咳嗽，军医怀疑是肺结核加重了。看到张绣、郭嘉病情日重，曹操有点后悔了。

大军埋灶做饭，曹操却一点胃口也没有，他轻轻吟道：

延颈长叹息，远行多所怀。

我心何怫郁？思欲一东归。
水深桥梁绝，中路正徘徊。
迷惑失故路，薄暮无宿栖。
行行日已远，人马同时饥。
担囊行取薪，斧冰持作糜。
悲彼东山诗，悠悠使我哀。

但他自己心里清楚，这只是一时愁绪，个人安危必须服从政治大局。除非他曹操也倒下，北征之事才能作罢。

第七天，张绣终于一病不起。临终前，他喃喃自语，时断时续：“丞相，我……我对不起您，曹……曹昂贤侄，是我害了你……”

曹操难过地流下泪来。他知道，张绣心里一直为当年的宛城之事自责。而他早已不放在心上，还让儿子曹均娶了张绣的女儿。

曹操把张绣葬在了徐无山，碑刻“大汉定侯张绣将军之墓”。全军脱帽，默哀三分钟。

第十天上午，大军终于走出徐无山。黄昏，抵达卢龙塞。

翌日一早，曹军骑兵前哨突然发现前方有一小队乌丸侦察骑兵。原来，蹋顿还是有点不放心，派了侦察骑兵过来。

曹军骑兵急忙追赶掩杀，可还是让一个乌丸侦察兵跑掉了。前哨骑兵将这一消息回报曹操。

张郃道：“丞相，蹋顿得到消息，必将有所准备。咱们的行军速度必须再快一点！”

曹操道：“也不必过于担心。我们兵从天降，对乌丸诸部的心理威慑定然极大。乌丸诸部一向面和心不和，危急时刻完全有可能分崩离析。再则，他们也搞不清楚我们过来多少人。这样，我和文远将军率一万骑兵先行进发，你率一万步兵殿后，但必须急行军。田畴随我同行，你派专人照顾好奉孝先生。”

“遵命！”张郃拱手道。

次日中午，曹军骑兵抵达白狼山下，众将士略事休息。曹操就着冷水啃了两个窝窝头。这时，他听见有人大喊：“丞相，你看！”

只见远处烟尘弥漫，是黑压压的乌丸骑兵！目测有数万之众。见此情景，左右皆现畏惧之色。

曹操倒很从容，他命令骑兵排好队形。他登上山脚下的一块巨石，观察远处敌兵。只见敌阵不整，全无章法。他断定，只需猛力冲击一下，敌阵必定更加混乱。

他走下巨石，果断下令。

“曹纯！”

“末将在！”

“你率三千虎豹骑为第一队，以锥形阵冲击敌人，务必把敌人冲散。”

“遵命！”

“张辽！”

“末将在！”

“你率七千骑兵为第二队，掩杀被冲散的敌人。擒贼先擒王，务必砍下蹋顿的项上人头。”

“遵命！”张辽犹豫了一下，“可是，丞相您和田先生的人身安全……还是留下一千骑兵，比较保险……”

“不。骑兵全部上阵，成败在此一举。若你们打赢，我们的安全自然不是问题。若战败，则岌岌危矣。”

说罢，曹操跨上黄骠马，冲到队伍之前，抽出宝剑，朝天一指，开始做战前动员：

“士兵们，前方就是我们的敌人。他们曾奸淫我们的姐妹，杀害我们的兄弟，劫掠我们的财物，难道我们应继续纵容他们吗？如果你是真正的男子汉，答案只有一个：不能！

“士兵们，一个男人所能取得的最高荣誉，乃是为敢作敢为而生，为保卫国家而死，为保卫人民而死。是的，人皆有一死，但要死得轰轰烈烈。我们宁可英雄地死，也绝不狗熊地活！

“士兵们，尽管他们的人数超过我们，但他们是由三大部落组成的，面和心不和，团结力、战斗力都远远不如我们。你们中不少人，跟随我参加了官渡之战，参加了征讨袁谭袁尚的战争，哪一次我们不是以少胜多。这次也不会例外！

“士兵们，即使我们想后退，退到哪里呢？我们的张绣将军已长眠在大山里。若败了，我们还有脸从他墓碑前经过吗？我知道你一定会羞愧地低下头。

“士兵们，只要战胜恐惧，就会战胜死亡！我向你们发誓，总有一天，你们的子孙会看着你们的眼睛，问起当年是如何征讨乌丸的。你们可以用伟大的心灵之力回答他们：我们是为人民的自由和福祉而战！

“士兵们，我们的父母，我们的家人正在后方等候我们凯旋的消息。难道你希望你暗恋的或暗恋你的邻家姑娘轻视你吗？

当你们凯旋、拜将封侯的时候，她们一定会不顾一切，投入你们的怀抱！

“士兵们，准备战斗吧！”

曹操话音刚落，众将士挥刀嗷嗷直叫。

按预定部署，第一队将士直向前方的敌阵冲去。曹操的判断没错，而曹纯的虎豹骑也足够凶猛，敌阵瞬时被冲得七零八落。乌丸骑兵互相挤压，乱成一团。

张辽率领的第二队，紧随其后，肆意掩杀。不到一个时辰，敌兵纷纷溃退。只有蹋顿一部数千人仍在负隅顽抗。张辽和曹纯杀红了眼，争相朝蹋顿奔去。

曹操和田畴在高处观战，浑然没有注意到危险正在逼近。原来，袁尚袁熙率本部残余的六百骑兵正绕道迂回，试图从侧翼偷袭曹操。而此时曹操身边只有亲随骑兵一百人。当亲兵发现袁尚骑兵的时候，相距已不足八百米。曹操果断下令，让五名亲兵随同田二护卫田畴向山上撤退，而他率兵上前迎战。

曹操亲手砍死十数人，但毕竟寡不敌众，很快，亲随骑兵所剩不到一半。远处张辽曹纯激战正酣，丝毫没有注意到这边的情形。

袁尚暗暗冷笑，这次他志在必得，他纵马朝曹操奔去。

突然，袁氏骑兵大乱。原来张郃不放心前方战局，让鲜于辅殿后，自己亲率一千精锐步兵星夜赶来。

一阵猛烈厮杀后，袁尚袁熙败走。

曹操的亲随骑兵伤亡殆尽，张郃带来的步兵也死伤近半。清点尸体时，发现有军侯王宁。曹操痛惜地摸了摸他余温尚存、沾满血污的脸。

田畴安然无恙，可不见了田二。原来，他趁乱跑掉了。田畴无奈地摇了摇头，轻轻叹道：你是娶不到红玉姑娘了。

那边，张辽已斩蹋顿于马下，余下的乌丸骑兵皆下马投降。曹军大获全胜。

曹军骑兵就地休整。

次日下午，鲜于辅率领的大队步兵抵达白狼山。

第三日上午，大军向柳城进发。

第五日午时，大军抵达柳城。乌丸各部长老，纷纷前来请降。汉、胡人等，降者约二十万口。

袁尚袁熙逃奔辽东，众将劝曹操征之。曹操道："不必。公孙康会将袁氏兄弟的人头送来的。"

"为何？"众将又问。

曹操道："公孙康向来忌惮袁家。我若紧逼，他们必定联合起来。我若放任不管，他们就会互相算计。"

一个半月后，大水退去，滨海道已可通行。曹操留下鲜于辅镇守柳城。大军开拔，经滨海道返回邺城。

回来路上，郭嘉终于扛不住恶疾的纠缠，刚刚抵达碣石附近，就病殁了。

曹操悲恸万分，不能自已。

他令张辽率大军先行，自己和田畴逗留几天，陪一陪葬在山下的郭嘉。负责警卫的是曹纯率领的一千虎豹骑。

站在碣石上，曹操手指大海，道："子泰先生，你说，比大海更辽阔的是什么？"

田畴微微一笑，道：“是天空和星河吧。”

“大海、天空、星河，在世人眼中是何等的辽阔，但这一切在人的心灵面前，又是何其渺小。”

田畴微笑不语。

“丞相，公仁先生回来了。”曹纯在远处大喊。

是的，董昭回来了，还有蔡文姬。

曹操飞奔而下，像一个十几岁的少年，一个追风的少年。文姬的眼神还是一如既往的清澈纯净，只是，眼角多了几丝岁月的沧桑。幸好，北方的烈风并没改变她的肤色。众人知趣地走开了。

曹操把蔡文姬紧紧拥入怀中。

是夜，碣石下，大帐中，烛光摇曳。被涌如云，情霈如雨。二十年的思念浓缩在初秋的夜。

天空即将破晓。曹操小心翼翼起身，生怕惊醒身边熟睡的文姬。他披上披风，再次踏上碣石。望着苍茫而朦胧的大海，他胸中荡起一团火，朗声吟道：

> 东临碣石，以观沧海。
> 水何澹澹，山岛竦峙。
> 树木丛生，百草丰茂。
> 秋风萧瑟，洪波涌起。
> 日月之行，若出其中。
> 星汉灿烂，若出其里。
> 幸甚至哉，歌以咏志。

图书在版编目(CIP)数据

大一统的史诗:三国新解/木旻著. —郑州:河南文艺出版社,2019.6(2020.10 重印)

ISBN 978-7-5559-0839-5

Ⅰ.①大… Ⅱ.①木… Ⅲ.①《三国演义》研究 Ⅳ.①I207.413

中国版本图书馆 CIP 数据核字(2019)第 096840 号

出版发行 河南文艺出版社
本社地址 郑州市郑东新区祥盛街 27 号 C 座 5 楼
邮政编码 450018
承印单位 永清县晔盛亚胶印有限公司
经销单位 新华书店
纸张规格 890 毫米×1240 毫米 1/32
印　　张 6.625
字　　数 140 000
版　　次 2019 年 6 月第 1 版
印　　次 2020 年 10 月第 2 次印刷
定　　价 56.00 元

印厂地址 永清县工业园区大良村西部
邮政编码 065600 电话 0316-6658662 6658663